COLLECTION FOLIO

André Pieyre de Mandiargues

Le lis de mer

Gallimard

à Bona

La plage de Sainte-Lucie-de-Siniscola est une longue étendue de sable entre le rivage du golfe et des rives d'eaux saumâtres où les roseaux prospèrent. Devant les étangs, il y a de petites dunes pointues de chardons secs et de coquillages; d'autres derrière, plus élevées, et puis une pinède de jeunes arbres que l'on planta naguère pour fixer un sol tellement léger qu'il se mouvait à tous les coups de vent. Quelques eucalyptus, apport nouvel aussi, ont poussé démesurément au-dessus des pins qui d'être trop serrés s'étiolent, des pistachiers, des arbousiers, des pauvres myrtes que l'on trouve en tous lieux de la Sardaigne, île où rien n'existe dans la faune et la flore qui ne soit menu ou rabougri en comparaison avec les espèces de la grande terre.

Des algues en masses, que la tempête arracha des herbiers et que les vagues roulèrent, hors du sable où elles sont contenues, font paraître des touffes, noires ou vertes sous l'eau, blanchies par le soleil ailleurs. Elles longent la plage sur plusieurs kilomètres, fournies avec plus ou moins d'abondance comme du poil sur le corps d'une fille monstrueuse, et elles répandent une odeur forte, qui n'est pas désagréable cependant. Entre les roseaux, quand l'autre bord est accessible, il y a des bois flottés, des racines aux formes curieusement humaines ou bestiales, divers débris comme des ordures. Un rapport profond et trouble ne manque pas de s'établir, pour un esprit sensible à la nature des choses, entre la violente pureté marine qui habite l'eau du golfe, saturée de sel, et la corruption un peu sournoise de l'eau douce-amère des étangs qui va jusqu'à puer vraiment dans les bras morts, où elle est couverte d'une mousse jaune, aussi lourde que du cuir et dont on ne sait plus si c'est écume ou végétation.

Loin du village et de la plage fréquentée, les étangs communiquent avec la mer par un goulet coupant les sables, petit canal où le courant change de sens suivant que la marée (de faible amplitude, comme partout en Méditerranée) est haute ou basse. On veille à le tenir ouvert malgré les alluvions portées par le vent d'est, de sorte qu'avec le flux des poissons, muges principalement et du genre céphale, puissent entrer dans les lagunes où ils trouveront beaucoup de nourriture, deviendront gros et gras et de bon rapport aux pêcheries. Vont et viennent aussi (mais davantage aux nuits de lune) des crabes fluviaux aux pattes grêles, à la carapace vert sombre, qui demeurent sous les roseaux pendant le jour. Des remous à la surface, des tremblements, quand les moucherons volent bas, sont les indices d'une vie grouillante entre les herbes aquatiques. *Ichnusa* — la poissonneuse — c'était, il y a très longtemps, le nom donné à la Sardaigne.

Au-delà du goulet, la plage se prolonge avec les dunes monotones devant les jeunes pins, jusqu'à la Caletta, sommet de l'arc brillant, terme des sables. Quelques maisons se trouvent là parmi des arbres gris, un port de peu, dont l'annonce est une tour carrée. Il dépend de Siniscola, assis au pied des monts, qui fut chef-lieu de baronnie et qui n'est plus qu'un bourg déshérité où le soleil fait rage exaltant partout des nuées de mouches entre les tourbillons de poussière soulevée par les jeux des enfants et par le trot des petits ânes. Très loin derrière la tour, où brûle un feu dès le soir, le ciel s'effrange aux dentelures du cap Coda di Cavallo, dont on imagine volontiers qu'il vient de s'abattre comme un fouet tenu par une main grandiose. Plus loin encore, tombés du même coup, peut-être, qui a jeté le cap en haute mer, des îlots pourpres, un écueil en forme de pain de sucre et les blocs de l'île Molara et de l'île Tavolara se détachent sur l'horizon avec des contours tellement abrupts qu'ils suggèrent un monde inaccessible, sinon par la pensée, et quand timidement le rêveur y aborde, dans sa nostalgie d'un paradis originel, il n'y veut rencontrer que des animaux fabuleux, des êtres chimériques, dont la peau, le poil ou les plumes soient diaprés selon tout le spectre et dignes en tout point de la féerie minérale qu'il a choisie pour leur domicile. Le rêveur se trompe, assurément, mais la réalité, outre des chèvres et parfois, dans quelque grotte assoupi, un phoque auquel on donne le nom de « bœuf marin », lui offrirait une si merveilleuse variété d'oiseaux pêcheurs qu'il pourrait s'y passionner pendant des mois, et qu'il n'aurait plus rien à regretter des prestiges de son paradis artificiel.

Bornant la vue, au-dessus de Siniscola, le massif du Mont-Albo dresse un mur de pierre aride, qui est ainsi que la paroi d'un four à réverbère. Par son effet de réflexion, la plaine et le bourg poussiéreux sont privés de la moindre fraîcheur, et sans cesse il faut aux jardins de l'eau pour les cédrats dont ils sont plantés, pour le terrain qui s'exténue. La montagne culmine en crête écailleuse, jaune et bise, dos d'un lézard géant où s'iraient déchirer les nuages. Mais en été, presque toujours, le ciel est pur.

Toute nature est un sanctuaire, suivant que l'on regarde; c'est-à-dire — idée de création mise à part — qu'elle est habitée par un dieu (ou plusieurs). Ici, le dieu ne saurait être que Pan.

Vanina était depuis trois jours dans ce domaine panique.

Sur le sable allongée, la jeune fille avait couvert son visage d'un coin de son peignoir, comme on dit que de leur manteau faisaient les empereurs, après la bataille perdue (retraite coupée), pour se remettre entièrement à la discrétion du vainqueur et attendre que celui-ci les tuât ou les chargeât de chaînes. Respirant par le canal d'un pli qu'elle avait ménagé dans le tissu éponge (car elle était soigneuse de ces riens que savent les filles, qui aiment à machiner tous les simples détails de la vie), elle pensait à l'empereur vaincu, séparait l'une de l'autre ses jambes afin de les mieux offrir au soleil. Elle pensait aussi à la captivité des reines de légende en Orient, et, cherchant la cause de cette pensée, elle accusait l'odeur de l'huile dont elle s'était enduite à profusion pour défendre sa peau contre les brûlures aux premiers jours de bain, odeur dans laquelle l'enfermait son capuchon improvisé comme à l'intérieur d'une bulle de gaz. Il y avait bien assez de miel, de noyau amer et de musc au fond de cette odeur-là pour évoquer le souk ou la bergerie, et avec un filet de sueur, les mains de Vanina lui servant de coussin paumes à plat sous la nuque, le harem n'était pas loin.

Quand elle ouvrait les yeux, elle voyait des raies bleues et blanches à quelques centimètres de ses cils, portées par un support ardent qui était l'étoffe où le soleil battait en plein depuis un temps que l'on n'aurait pu évaluer, puisque le premier effet de son feu est de vous retirer toute notion de l'heure. Elle voulut cesser d'être esclave. Avec effort (il est difficile, et peu agréable, de revenir à la liberté), elle étendit la main, prit à tâtons le bracelet-montre qui était dans un mouchoir roulé en boule, glissa celui-là sous le voile éblouissant.

Presque midi. Pas de quoi s'étonner si les rayons à la verticale avaient changé le peignoir en gril. Et malgré l'huile de Chaldée, que sa transpiration d'ailleurs avait diluée, elle sentait à l'arrondi des épaules et au sommet des cuisses un picotement de mauvais augure. Si elle ne bougeait pas, elle risquait assurément un coup de soleil, et de souffrir ce soir, et de peler aux jours suivants; elle risquait d'être enlaidie de ces plaies affreuses, qu'elle avait vues souvent à des peaux d'Anglaises ou de Norvégiennes. Elle s'assit, laissant que retombât le manteau de l'imperator, respira fortement, pour rétablir le cours du sang. Rentrée dans la vie, elle toucha le bras de la grande fille qui reposait à son côté, étendue sur le ventre, comme une chienne.

— Juliette, dit-elle, réveille-toi. Il est tard. Allons dans l'eau.

La dormeuse s'étira, sans trop de bonne grâce, avant de se tourner. Charpentée plus rudement que Vanina, elle avait des jambes en proportion moins longues que les siennes, une taille beaucoup moins déliée, des bras moins fins, peu de gorge sur un buste de garçon, les cheveux coupés très court et qui allaient du châtain au jaune et au roux comme une tête de bouleau en automne, mais de sa blancheur première il n'y avait plus rien, car elle rougissait au soleil, ou se couvrait d'éphélides, sans vraiment brunir. Quand, à quatre pattes, elle marcha vers la mer, jouant aussi à ne pas fermer les yeux, ni cligner, bravant des reflets qui auraient aveuglé toute autre personne de l'espèce septentrionale, dont elle faisait un joli spécimen, ses pupilles prirent la couleur même de l'eau près du bord, avec une transparence tellement parfaite que l'on eût pensé voir le petit gravier du fond.

Vanina avait enfermé ses cheveux dans un bonnet de caoutchouc, serré l'élastique. Elle rangea sa montre et ses lunettes noires dans un sac orange, si éclatant que le soleil échouait à l'éteindre et qu'il flamboyait à l'heure de midi comme un brûlot sous les étoiles. Dessus, elle posa son peignoir plié, celui de Juliette avec une pierre encore, pour le cas d'une bête folle ou d'un enfant ravageur plutôt que pour s'il venait un coup de vent, car l'air était tout immobile. Puis elle rejoignit son amie, debout maintenant qui attendait, haute et affermie dans le grand espace vide qu'elle tranchait avec une sorte de splendeur.

— Tu es forte, Juliette, dit Vanina. Quand je te sens derrière moi, je n'ai pas peur. Tu me sauverais.

Et elle riait, sachant qu'elle nageait vite et loin aussi bien que l'autre.

Le sable, que le soleil avait longuement échauffé pendant que les jeunes filles prenaient couleur comme des viandes, imprimait à la plante des pieds une cuisson douloureuse. Vanina, plus délicate, essayait d'être plume et de peser aussi peu que si elle se fût avancée sur une tôle de chaudière, sur le dôme d'un four allumé, situations qui ne sont pas courantes et dont les songes même ne lui avaient donné la moindre pratique. Sans le vouloir, le résultat auquel elle atteignait était un pas de pointe, précipité, qui avait un air de danse.

Par contraste avec le sol brûlant, la mer leur parut glacée quand l'eau toucha leurs pieds, et elles s'arrêtèrent avant d'avoir été mouillées plus haut que les genoux, si brutalement le froid les avait saisies, si vite il s'était glissé en elles et insinué, paralysant, jusqu'au cœur. Mais elles n'eurent pas ces gestes excessifs que font les filles dans l'eau froide, quand on les regarde, ou que les garçons les agacent, elles ne s'éclaboussèrent pas de la main en criant, ne se bousculèrent ni ne feignirent des chutes ou des peurs, car Vanina devant Juliette avait accusé maintes fois le ridicule de tels ébats, et la seconde, qui avec d'autres compagnes se serait bien démenée, avec celle-là s'efforçait au calme pour ne pas lui déplaire. L'une près de l'autre, elles marchaient sans hâte sur un fond uni, tandis que l'eau montait autour de leur corps, très doucement car il n'y avait pas tant de vagues que des rides légères, de simples ondulations courant à la surface, dont la caresse était perceptible juste au moment qu'elles passaient. Quand, à son ventre, même en se tenant sur la pointe des pieds, Vanina sentit le froid, morsure et contact humide, elle fut cambrée malgré sa volonté, et en dépit de son horreur des gestes elle leva les bras vers le ciel comme si elle se rendait prisonnière à quelque puissant survenu, et qu'elle lui demandât grâce. Il eût fallu être monstrueusement endurci pour ne pas lui accorder, au moins, la vie sauve.

Si faible était la pente qu'elles marchèrent longtemps sans que l'eau leur vînt à la gorge. Des cailloux se voyaient clairement sur le sable, des fers rouillés, des algues mortes, la tache rose d'un chiffon englouti, fleur sanglante sur laquelle elles n'eussent pas mis le pied sans dégoût, et elles regardaient avec l'idée de trouver peut-être un bracelet d'or ou quelque chose de précieux, mais les pauvres filles de Sainte-Lucie n'avaient de bijoux qu'à leurs oreilles percées des anneaux, qu'elles ne risquaient pas de perdre en se baignant. Vanina tenait toujours les bras en l'air mains ouvertes, doigts écartés, comme pour laisser fuir le fluide nerveux au moment de l'abandon de soi-même, ou d'un supplice, et elle allait de l'avant sans se mettre à la nage, parce qu'elle savait que le fond se relevait et qu'elles devraient franchir encore une petite dune sous-marine avant de redescendre et de cesser d'avoir pied. Déjà le froid n'était plus que fraîcheur; la mer, comme un drap immense, s'effilait entre leurs jambes, s'enroulait à leur flanc et se déroulait au rythme de la respiration. Elles passèrent sur le haut fond qui limitait cette sorte de bassin qu'avec mépris elles nommaient le « bain des enfants », puis, toutes deux ensemble, elles se jetèrent dans la mer libre.

Vanina, qui tout de suite avait devancé sa compagne d'une longueur ou quasiment, songeait que le rivage, déjà lointain, reculait derrière elle à mesure qu'elle allait, et que le fond aussi s'éloignait; elle se réjouissait à l'idée que les mouvements de ses bras et que le battement continu de ses pieds approfondissaient la mer à chaque instant davantage au-dessous de son corps. Heureuse de ne voir devant elle, autour d'elle, que le brillant horizon marin, elle nageait de plus en plus vite, et elle sentait l'eau se faire de plus en plus dure sous son ventre et contre sa poitrine, elle l'entendait bruire en glissant sur le bonnet qui couvrait ses oreilles, elle aspirait son parfum violent, elle la saisissait dans ses paumes raides, elle la rejetait en arrière, vers Juliette, d'une grande poussée souveraine. Ce n'était pas la moindre part de sa joie que de constater qu'elle ne pensait à rien qu'à cela, et de savoir que sa pensée diminuait, s'amenuiserait encore, jusqu'à être seulement connaissance de l'effort et sensation pure. Couchée comme sur un lit où elle eût enfoui le visage et se fût bercée, ses joues entraient dans l'eau, puis s'exposaient au soleil, passant du froid au chaud selon qu'elle penchait d'un côté ou de l'autre.

Ainsi elle nagea pendant un nombre de minutes qu'elle aurait été bien embarrassée de dire, une fois de plus, si un être mythique et surhumain (le témoin aux pieds de bouc) lui en eût, sous peine de mettre sa vie en danger, demandé le compte. Mais Pan, c'est notoire, est indulgent aux jeunes personnes sur lesquelles il a quelque dessein. Le soleil, suspendu au-dessus des épaules de celle-là, illuminait aux couleurs des cristalleries de bazar les crêtes des vagues qui accouraient de très loin en direction de ses yeux, avec un volume accru depuis qu'elle avait gagné la haute mer, et qui cinglaient parfois ses joues de gifles sans douceur, en la couvrant d'écume. Elle but, et dut cracher; rythme coupé, comme si un verrou avait cédé, la respiration fut moins aisée dans sa poitrine, elle perçut le mouvement de son cœur, la fatigue s'appesantit sur elle, et le froid, reparu, la fit trembler; fière de sa force, pourtant, elle repartit de plus belle, après avoir d'un rien ralenti son allure. Quoiqu'elle n'eût jamais regardé en arrière, elle était sûre de Juliette, et elle ne doutait pas que l'autre la suivît en chien fidèle.

Un peu plus tard, elle s'entendit appeler :

— Vanina, criait-on, arrête-toi! Nous sommes au large. Les courants nous empêcheront de revenir.

« Le large », « les courants » : paroles magiques à la façon de « golfe », « palme », « cirque », « statue », « devin » ou « migrateur »; traversant le caoutchouc du bonnet, elles émurent la mémoire assoupie de la nageuse, lui rendirent le sentiment du passé, l'appréhension du futur. Elle donna un coup de jarrets en ciseaux qui la fit jaillir à mi-corps au-dessus de la grande soie étincelante, et levant les bras, joignant les mains, elle se laissa couler dans un tourbillon de bulles. Les yeux ouverts, malgré la morsure du sel, elle vit un bras fendre l'eau devant une forme claire qui était le flanc de Juliette, et elle ressortit à côté d'elle en crevant la surface d'une pirouette, nimbée de mille gouttes.

Alors les deux jeunes filles tinrent des propos de bain; elles dirent de ces choses simples qu'il est doux de se dire entre amies, quand la mer est bonne, quand le soleil brûle. Elles se mirent sur le dos, et sans plus faire aucun mouvement que du bout des pieds, le moins qui fût nécessaire, elles flottèrent l'une près de l'autre ainsi que des navires fraternels, qui auraient stoppé leurs machines, ou baissé leurs voiles, pour dériver ensemble pendant le cours d'une journée paisible.

Dans cette position horizontale où l'homme, regardant le ciel, coïncide avec la limite de l'air et de la mer, il semble qu'il devrait, comme par un couteau, être tranché au fil de la connaissance simultanée du froid et du chaud, se dédoubler en quelque façon suivant la ligne de partage élémentaire. Mais c'est le chaud, généralement, qui est le plus fort. Plongées dans l'eau froide, sauf ce qui de leur corps affleurait à la surface, les baigneuses n'avaient conscience que du soleil, grande roue échevelée que leurs yeux éblouis rapprochaient d'elles.

— On dirait qu'il va se jeter sur nous comme un taureau, dit Vanina. Cache-toi, Juliette. C'est ton maillot rouge qui l'attire.

Elle-même n'avait qu'un léger tissu blanc qui allait bien à la peau brune. Deux pièces d'un coton très fin qui ne l'empêchait pas de se sentir nue, ni de le paraître, sans trop contrevenir aux lois. Et les rayons jouaient à travers cela aussi librement que si elle avait porté de la mousseline de verre.

— Où me cacher? dit l'autre. Si tu veux, je vais enlever mon costume.

Elle fit glisser une épaulette jusqu'au coude, se délivra, un bras après l'autre, offrit sa gorge pâle au feu du ciel. Elle aurait continué, rabattant son maillot au risque de le voir sombrer dans les profondeurs, si Vanina, laquelle se méfiait un peu des lorgnettes des carabiniers (qui sont, comme tous les policiers, toujours à l'affût de l'innocence), ne l'eût priée, mais en riant, d'être moins impudique.

De ce rappel à l'ordre et du geste irrespectueux elles rirent ensemble, et elles furent heureuses comme des enfants, comme de jeunes chats mais sur un tapis sec. Le rivage était très loin. Des oiseaux passaient, plongeant parfois. On voyait d'eux un ventre duveté.

Vint le moment où de nouveau elles sentirent le froid, le poids de l'eau, et que leurs bras peinaient à la jeter en arrière, leurs doigts à rester unis dans l'effort. Vanina fut la première à être fatiguée (elle avait été la première auparavant), et à le reconnaître, tout de même qu'elle n'était jamais la seconde à avoir faim, soif, sommeil, ou généralement à exprimer un commun désir. « Juliette est une brute », se dit-elle. Elle se dit aussi qu'elle l'aimait beaucoup, et qu'il était bon d'avoir une amie un peu brute, un peu bête et plus lourde que soi. Par jeu, malgré la fatigue (ou pour l'éprouver davantage), elles firent une course jusqu'à la terre. Vanina laissa l'autre gagner, puisque c'était son droit, en tant que brute. Dans l'eau basse, elles allèrent sur leur lancée, belles coques, en ne l'appuyant que de petits coups de pied. Le fond heurta leurs seins, leurs cuisses. Elles s'étaient échouées à moins d'un mètre l'une de l'autre, et elles reposaient dans un plaisir transparent.

Hors de l'eau, vrai, il faisait encore plus chaud qu'avant le bain. La fraîcheur qui s'attache à la peau mouillée n'avait pas duré trois minutes, et elles étaient déjà toutes sèches, poudrées de sel qui leur donnait des picotements. Juliette était sur le dos, elle avait refermé les yeux, elle goûtait la torpeur de se laisser fondre dans le feu du ciel et gagner par un sommeil qui est à celui de la nuit ce que le blanc, ou le rouge, est au noir, mais Vanina, couchée sur le ventre à côté de son amie, pour lutter contre cet assoupissement qui lui avait valu naguère de cuisants réveils et des brûlures persistantes, regardait, pensait (attentive à ce qu'elle voyait), cherchait à maintenir sa sensibilité, à l'accroître autant que possible par la contemplation des plus petits détails. Le sable, désert uniforme pour tant de gens qui ne demandent rien à leurs yeux, satisfaits qu'ils sont de ce que leur suggère le seul mot de la chose (« sable » étant l'un des plus banalement persuasifs), avait des rides assez pareilles, sauf pour le volume, aux dunes qui terminaient la plage, et il était peuplé de menus animaux qui rampaient ou voletaient. Une sorte d'infime crustacé, couleur de corne ou de crevette, s'aventurait loin parfois de la zone humide où on le trouvait en plus grande abondance; il cheminait comme un cloporte, et puis par sauts de puce, d'où son nom peut-être avait pris origine. Des cicindèles chassaient, que Vanina suivait des yeux avec une amitié curieuse. En Suisse, elle avait observé des insectes frères de ceux-là, mais qui avaient les élytres d'un vert vif avec des taches blanches, au lieu du brun mordoré, ponctué sans différence, de l'espèce méditerranéenne. Procédant par marches rapides et courtes envolées, la petite bête féroce explorait les ravinements du sable, et quand elle avait saisi dans ses mandibules un moucheron elle en exprimait le suc, puis rejetait, d'un coup de tête, la dépouille vidée. Vanina fit l'expérience d'étourdir une mouche et de lui froisser les ailes, de la lancer devant une cicindèle proche, qui s'en empara aussitôt. Alors la jeune fille, ravie, chercha d'autres mouches autour d'elle, des moustiques, des moucherons ou des puces de mer, pour fournir au jeu qu'elle avait inventé, passionnant comme une chasse au faucon.

« Les cicindèles sont de beaux êtres dévorants, pensait-elle. Je donne des proies aux dévorants. »

Pour ramasser un nombre suffisant de ces proies, qu'elle enverrait au carnage, Vanina se tournait à droite et à gauche, passait le bras sur Juliette immobile, fouillait le sable avec des manières de bambin qui creuse un tunnel, ou de chien joyeux qui déterre. Elle n'aperçut pas tout de suite un jeune homme, qui s'était mis non loin et qui l'observait. Quand elle le vit, d'abord, elle cessa de jouer et feignit de s'intéresser à des nageurs, un peu confuse, à son âge, de s'être laissé prendre à faire la gamine. Car le sérieux de son amusement lui avait échappé sitôt qu'elle s'était vue par l'œil d'autrui.

Après un moment, pendant lequel elle

s'efforça de se tenir tranquille, elle regarda de nouveau et vit que le jeune homme la regardait encore. Mais il la regardait sans lui sourire, à la différence de ce que faisaient les hommes, en général. Sans doute il n'avait pas cessé de la regarder depuis le premier coup d'œil. Elle pensa qu'il était beau, elle se sentit heureuse d'être regardée. Elle pensa aussi que le jeu des cicindèles mettait ses gestes en valeur, et toute sa personne, et qu'il fallait chercher d'autres mouches, les attraper, les lancer devant elle au moins pour se donner du mouvement et ne pas interrompre le spectacle, sinon pour un jeu auquel elle ne croyait plus. Et puis elle lui montrerait ainsi qu'elle n'avait pas honte (quand elle l'avait, au contraire) de jouer sous son regard.

Par défi, elle osa marcher (non plus d'un mètre cependant) vers lui à quatre pattes, sachant que sa gorge n'avait pas à craindre l'épreuve. Elle fut excessive, comme elle s'était promis de l'être, et ensuite elle regretta de l'avoir été. Il la regardait toujours, gravement.

Elle bouscula Juliette, qui protesta faiblement, ouvrit les yeux et s'inquiéta de l'heure.

— Il est l'heure de rentrer, dit Vanina, sans avoir tiré sa montre du sac. Partons. J'ai faim.

Elle se leva, fit lever son amie, qui bâillait,

lui jeta un peignoir sur le dos et la poussa en avant, suivant à quelques pas après avoir ajusté ses sandales.

Quand elle fut à côté du jeune homme, que se passa-t-il dans sa tête ? Elle n'aurait su l'expliquer tant cela fut rapide, imprévu aussi, mais :

— A trois heures, cet après-midi, dans la pinède au sud du village, lui dit-elle en se baissant vite ; j'y serai.

Et elle rejoignit l'autre, qui ne s'était aperçue de rien.

Juliette et Vanina partageaient avec une pauvre famille un logement de trois pièces, abri plutôt, d'ailleurs, que maison véritable. A travers le toit de feuillage et de terre sèche le jour passait au petit matin, mais les jeunes filles, un soir d'orage, eurent la bonne surprise de voir que la pluie n'y passait pas, grâce à l'art du couvreur ou parce qu'il ne pleut pas beaucoup ni souvent à Sainte-Lucie-de-Siniscola. Elles dormaient dans deux chambres étroites, qu'on leur avait louées pour quelques billets de mille lires. Un pêcheur de langoustes, Francesco Carone, sa femme, Angela, et leur petite fille, dormaient dans la troisième, où l'on remuait à peine entre le lit, le berceau, la commode et les murs. Ce n'est guère ensemble qu'ils dormaient, car lui se levait avant l'aube, chaque nuit, pour relever les nasses que les barques avaient mouillées la veille. Et il rentrait tard dans l'après-midi. S'il rentrait tôt, forcé par le mauvais temps, les paniers étaient restés au fond; l'on pouvait au mieux compter sur une poignée de calamars [1], pris au filet pendant les premières heures.

Ces gens étaient originaires de l'île de Ponza, comme presque tous les pêcheurs de la côte orientale (sur l'autre ils sont ligures, catalans ou napolitains), car les Sardes ont peur de la mer, ou du moins ils s'en méfient, et ils laissent à des étrangers les métiers qui font aller sur l'eau. Le soir quelquefois, avant qu'ils ne se couchent et qu'elles n'aillent se promener (au retour il fallait traverser la première chambre sur la pointe des pieds, pour ne pas réveiller la petite), les jeunes filles s'asseyaient sur le seuil avec le pêcheur et sa femme. On causait, parlant des mouettes, qui seraient des âmes à la recherche d'un corps, selon la croyance de ceux-là, et qui viendraient crier autour des maisons où se trouve une chambre nuptiale ou une chambre mortuaire; parlant de certains chiens édentés, rencontrés la nuit, qui seraient habités par des âmes en peine et qui vous prendraient la

1. Les cartes des restaurants espagnols, grecs, italiens ont répandu le mot « calamar ». « Calmar », qui est la forme juste, fait penser au *kraken*, au grand monstre des abîmes, plutôt qu'à des fritures. « Encornet » traduit bien la parenté de *calamare* avec *calamaio* (encrier), mais c'est un mot des régions atlantiques, où les céphalopodes servent d'appâts et ne se mangent guère.

main dans leur gueule froide et lisse; parlant d'une grande raie toute blanche qui nagerait en surface et ne disparaîtrait qu'après avoir entendu les prières pour les morts, récitées par l'équipage; parlant des murènes qui sortiraient de l'eau pendant la chaleur de midi pour s'unir charnellement avec des serpents, sur les rochers du rivage; parlant d'autres serpents qui induiraient les chèvres à d'étranges noces, et qui mordraient leurs pis pour leur faire lâcher du lait. Il était assez passionnant d'écouter ces histoires. Ensuite, elles allaient se promener dans la nuit pas très obscure, ou bien elles allaient boire un verre à la cantine du port, où l'on dansait.

Quand elles avaient débarqué à Olbia, une semaine plus tôt, c'était aux premières heures de la matinée. Une lumière un peu rose et très pure tombait obliquement sur les îlots et les écueils éparpillés d'un bout à l'autre de la baie, et le calme était absolu dans le ciel et sur l'eau. Il flottait un air tout neuf, une splendeur ravissante. Elles avaient laissé la cohue descendre du blanc paquebot, puis Vanina, non sans quelque émotion à l'idée de la manœuvre difficile, avait engagé sa petite voiture (son « souriceau », comme elle disait) sur la passerelle qui unissait au quai le garage du navire. A terre, on leur avait demandé par quel singulier caprice elles étaient venues en Sardaigne, et l'homme de la pompe à essence leur avait conseillé fortement de repartir au plus vite, de ne pas s'aventurer, surtout, dans le sud de l'île, pays de bandits selon lui (qui devait être du nord). Vanina n'ayant voulu rien écouter, ni les propos menaçants de cet homme ni les craïntes avouées par Juliette, elles avaient pris la direction redoutable, sur une route poussiéreuse, caillouteuse et tellement défoncée que le souriceau, conduit pourtant à l'allure la plus réduite, gémissait par tous ses joints, secouait ses tôles et faisait tout le bruit d'une carriole de laitier.

Elles s'étaient, le soir auparavant, embarquées à Civitavecchia, après être dans la journée venues de Bergame. Elles avaient déjeuné près de Livourne, dans un gros bâtiment blanchi à la chaux, entouré de fils de fer barbelés, qui dans un lieu solitaire affichait une enseigne de restaurant. Des soldats américains, dont les camions stationnaient devant la porte, s'y faisaient servir par des filles assez jolies, lesquelles n'avaient pas très gentiment accueilli les voyageuses. Après qu'elles eurent longtemps attendu, tout de même, on leur avait apporté de mauvais spaghettis (trop cuits, comme les Italiens croient souvent que les étrangers les préfèrent), des rougets à l'huile, couverts d'ail et d'origan, des piments, un melon parfumé. En face d'elles, une fille brune, qui montrait bien qu'elle était nue sous sa robe de rayonne, se livrait peu à peu à son voisin de table, un grand nègre qui d'une main portait à sa bouche des anneaux de pieuvre frite, et de l'autre jouait avec la fermeture éclair courant, de la manche au bas, sur le côté de la robe. Le vin était noir comme de l'encre, un peu âcre. Le poil, sous le bras de la fille, était comme celui d'une bête. Malgré la cuisine grasse et les taches, somme toute, elles n'avaient pas été fâchées de leur visite à ce qui était peut-être le « bas monde » (selon le jugement de Vanina).

Il n'avait pas été difficile à la jeune fille d'obtenir de son oncle et tuteur, le comte Marino Mari, congé d'aller avec Juliette passer deux mois d'été en Sardaigne. La petite voiture qui servait pourtant à visiter les fermiers, le peu d'argent nécessaire au voyage, on ne lui avait pas marchandé cela non plus. Sur l'idée, seulement, de ce voyage, on avait fait quelques observations. Comment diantre lui était-elle venue? « Par hasard », avait répondu Vanina, qui ne mentait pas.

En regardant la carte, elle s'était sentie curieuse de cette grande île perdue loin du continent, et puis une amie lui avait montré des boucles d'oreilles comme en ont les femmes de là-bas : un anneau d'or, avec un pendant en forme de goutte, qui s'agite au-dessous d'un joli coq en filigrane. Oui, les boucles d'oreilles, le coq surtout, avaient achevé de la persuader qu'elle devait voir la Sardaigne.

Le comte Mari (mais son écu portait quatre têtes de Mores sur champ de sinople — alors que celui de la Sardaigne en a trois, c'est connu, celui de la Corse, une — et son nom pourrait être une mauvaise lecture de Mori) ne s'était pas marié; il occupait à lui seul la maison de ses ancêtres, un de ces gros palais carrés, peints en jaune, soutenus d'une colonnade à l'intérieur, chargés de marbre avec excès, qui sont merveille très ordinaire dans les vieilles villes de l'Italie du Nord. Sous des plafonds décorés de fausses perspectives montant jusqu'à des nuages (garnis d'angelots), devant des murs où des stucs coloriés étalaient des frises de négrillons à une hauteur assez impressionnante, il marchait gros et vêtu de noir, la canne en main, coiffé d'une sorte de chéchia. Des carreaux étaient brisés; une odeur de pierre et d'urine montait de la cour pendant les jours chauds, traînait dans les salons vastes et vides. Tout le meuble était de chaises rares, de prie-Dieu effondrés, de quelques tables où se voyaient des traces de cocons, de longues banquettes de crin où se jetait M. le comte, quand il était pris de sommeil, après les repas. Sa nièce, d'autant plus qu'elle n'était pas venue seule à Bergame, l'empêchait de digérer quiètement. Et il n'aimait pas que la poussière fût soulevée, troublé le silence du palais, par d'autres pas que le sien ou celui du valet qui le servait uniquement depuis plusieurs années.

Juliette Combourgeois se trouvait dans la même classe que Vanina au collège de Lausanne où toutes les deux, avec un retard qu'elles ne cherchaient point à abréger, « finissaient leurs études », et elle y était sa meilleure amie (autant qu'il se peut dire, si Vanina se glorifiait en son for intérieur de n'avoir jamais eu, se promettait de n'avoir jamais, une amie intime). Le fait est qu'elles allaient souvent au cinéma ensemble, ou bien manger des gâteaux crémeux (Juliette avidement, Vanina non sans lassitude) dans les pâtisseries à devantures vertes et roses. Elles allaient aussi flâner au bord du lac, à Ouchy, où Juliette se laissait entraîner par Vanina que les cadettes ennuyaient, et qui aimait un cygne. Ainsi, par une habitude de décider et d'être suivie, l'Italienne avait invité la Vaudoise à passer les vacances dans son pays.

Il serait oiseux (quoique possible, assurément) de remonter plus loin dans le temps. Où s'arrêter, d'ailleurs, quand on remonte (et quand on raconte) ? Tout se tient, et si minutieusement que j'inspecterais ce qui était en train de naître, dix-huit ans auparavant, dans le ventre de la comtesse Lidia Mari, belle-sœur du comte Marino et morte en compagnie de son époux au cours de sanglants événements qui défrayèrent la chronique de l'après-guerre mais dont je ne veux pas (maintenant) m'inquiéter, vous ne seriez pas encore renseignés à suffisance sur l'héroïne de cette histoire : la *contessina* Vanina. *Basta*, donc. Suffit qu'elle avait de très grands yeux comme des pensées noires, qui me donnent beaucoup à rêver. L'aventure de Vanina commence à Sainte-Lucie-de-Siniscola, quand elle se rend dans le petit bois de pins, derrière le village, à trois heures de l'après-midi.

Elle était sortie par la fenêtre (en enjambant la barre d'appui), sans rien dire à son amie qui reposait dans la chambre voisine, comme elles avaient pris l'habitude de faire chaque jour depuis qu'elles étaient à Sainte-Lucie, et que leurs idées s'engourdissaient après le déjeuner sous le poids de la chaleur et du vin fort. L'autre n'aurait pas d'inquiétude, si elle s'éveillait avant son retour et ne la trouvait pas, car Vanina, même au collège, était coutumière d'escapades où elle courait sans but et seule, et où ceux qui parfois avaient essayé de la suivre et de lui parler furent si rudement reçus qu'ils perdirent toute envie d'insister. Assise par terre, au pied du mur, elle enleva ses espadrilles et les secoua pour faire tomber le sable, puis elle les remit en nouant plus haut le cordon noir qui soulignait la finesse assez étonnante de sa cheville (laquelle tenait facilement dans le cercle de sa petite main) et la ligne cambrée de son mollet. Ensuite, elle fit le tour de la maison, quitta la ruelle ensablée, passant devant l'église sur une étendue d'herbe rase et roussie où des filets séchaient, avec des paniers à langoustes que répareraient les femmes, où des bâtons et des ferrailles rouillées traînaient à l'abandon, que les enfants ramasseraient plus tard pour jouer et se battre, risquant le tétanos, dans une poussière envenimée par les débris de vieux poissons.

L'ombre de l'église, seule construction, avec le logis des carabiniers, qui dominât les maisons toutes basses, commençait à mordre un peu le terrain, mais Vanina allait bravement en plein soleil, quoique ses yeux ne fussent pas encore habitués à la grande lumière et souffrissent. Elle regardait à ses pieds, pour éviter diverses ordures et les bêtes mortes que l'on jetait là. Quand elle élevait le regard, elle voyait le crépi rose pâle de l'église que le temps avait effrité, les niches sombres, plus bestiales qu'humaines, réservées aux pèlerins jadis, elle voyait le bleu violent du ciel et elle avait l'impression d'avancer dans le feu. « Ah! pensait-elle, pourquoi suis-je sortie? » Elle pensait aussi que pour rien au monde elle ne serait revenue en arrière. Cependant elle ne savait vers quoi elle était dirigée, elle ne se le demandait pas.

Le village, en ce début de l'après-midi, était absolument désert. Les hommes valides étaient en mer (il n'est pas dit qu'ils ne faisaient la sieste, eux aussi, dans les barques), et tous les autres s'étaient retirés derrière des volets clos. Les pauvres boutiques étaient fermées, où des fruits et des légumes parmi les plus beaux de la terre voisinaient avec du fil et des rubans sales, des pommades infectes, des bocaux de bonbons poisseux; fermé, le bureau de tabac qui avait le privilège unique de la vente du sel; fermées, les persiennes aux fenêtres des carabiniers. Les chiens, même, étaient rentrés, et aucun n'aboyait, alors que la nuit, quand on passait, c'étaient des cris furieux à chaque porte.

Il semblait que le sommeil eût gagné jusqu'aux plantes, car des rameaux chargés de petites fleurs blanches, sorte de jasmin, qui le soir embaumaient autour de l'église, retenaient leur parfum pendant l'ardeur du jour comme pour ne pas le répandre vainement en l'absence des hommes. Vanina voulut cueillir une grappe sur la branche et la froisser, pour retrouver l'odeur absente. Puis, elle la piqua dans ses cheveux, près de la nuque. Elle pensait, car elle méprisait les prêtres, que c'était à croître sur des murs à l'usage du curé que les fleurs avaient appris cette économie sordide, qu'elles ignoraient, par bonheur, dans les lieux sauvages.

Des jardins de curés, ailleurs, l'eussent bien détrompée. Ce qui ne rend pas moins aimable son jeune fanatisme, et cette manière, qu'elle avait, de flairer haineusement comme une pouliche têtue.

De mer ni de montagne, pas le moindre vent ne soufflait (et les pêcheurs risquaient, se dit-elle, de rester en panne jusqu'au lendemain matin). Après avoir dépassé l'église, elle prit une autre ruelle, par où l'on sortait du village en descendant un peu et en longeant la côte. L'herbe n'y poussait pas, vaincue par le sel infiltré, et Vanina retomba dans le sable et dans une poussière plus fine que le sable, qui aurait volé partout si le vent se fût levé. Ses espadrilles, de nouveau, s'alourdirent; elle choisit de ne pas les vider, pour ne pas s'arrêter à chaque moment; elle regretta de n'avoir chaussé, plutôt, des sandales ouvertes, comme le matin pour aller sur la plage. Dans la ruelle, à mesure qu'elle s'éloignait du centre, les maisons devenaient plus pauvres encore et plus précaires, et Vanina regardait avec un peu d'épouvante, quoiqu'elle les eût observées déjà, les fenêtres et leur encadrement bizarre : ces bandes du bleu le plus cru qui se puisse concevoir et produire, ou d'un rose vif rarement, bordées de blanc ou de gris clair, tirées au pinceau autour d'un trou carré et d'un volet noir ou rouge sombre, sur le mur grossier.

Comme un tatouage autour d'une plaie pansée par un rebouteux mieux informé de sorts que d'emplâtres, c'était, Vanina l'avait appris de sa logeuse, afin d'écarter les mouches. Certes, l'urgence était grande, car, depuis que, dans le louable but de détruire les moustiques porteurs du germe de la malaria, on avait, dans l'île entière, répandu ou pulvérisé une immense quantité d'insecticide, la race des mouches s'était modifiée (à son avantage); issue de celles qui résistaient au poison, après la mort des autres, une espèce nouvelle était née, très prolifique et beaucoup plus vigoureuse, plus velue, plus bourdonnante, plus gourmande et plus agressive que l'ancienne. Le seul espoir des hommes était qu'elle eût peur du bleu vif, ou du rose. « Couleurs du ciel et de l'église, plus pâle seulement parce qu'elle est vieille », pensa Vanina, qui eut cet air haineux encore.

Aux dernières maisons, comme elle passait devant un abri couvert de roseaux et de galets, il s'y fit des grognements assez farouches. Malgré la chaleur, on ne dormait pas là-dedans. Elle poussa le volet, qui n'était pas assuré, et elle regarda à l'intérieur. C'était une étable, où il y avait un porc, seul et fort gros, qui se mit debout pour aspirer violemment du groin dans l'ouverture de la fenêtre. Il était très noir, comme presque tous ses congénères en Sardaigne, qui sont voisins du sanglier plus que du cochon domestique, et même il avait de petites défenses sur lesquelles la lèvre supérieure se retroussait. Ce devait être le verrat de Sainte-Lucie, car une odeur repoussante émanait de sa litière, et on le tenait dans un espace et dans une solitude qu'autrement on ne lui eût pas accordés. Vaincue, bientôt, par la puanteur énorme, Vanina referma le volet doucement sur la gueule de la bête, mais à contempler ce grand porc noir vautré dans l'ordure, et qui attendait (quoi?), elle avait senti se glisser en elle une sorte de tendresse, quasiment fraternelle et profonde, elle avait éprouvé un certain bonheur inhumain, qu'elle ne cherchait pas à élucider. Surtout, elle avait oublié la « couleur de l'église », source de sa précédente irritation, et elle repartit d'un bon pas, en regardant la terre et le ciel avec amitié.

Puis elle fut hors du village sans s'être bien aperçue d'avoir quitté le terrain bâti, heureuse de ne plus voir de maisons autour d'elle, de n'être plus guidée par des murs; enchantée par le soleil qui frappait sa tête nue d'un feu étourdissant. A ses tempes, le sang battait dans les artères, et elle aspirait fortement l'air marin dont l'immense pureté lui faisait oublier les odeurs des hommes et des bêtes. La mer était à sa gauche, au-dessous du chemin, tranquille comme un lac, claire et brillante, libre de toute voile et de toute fumée; à sa droite était la pinède, comme une autre mer plus sombre et d'un vert d'oxyde, brillante également, avec un moutonnement figé en l'absence du moindre courant d'air. Des fils de fer barbelés l'entouraient, pour protéger les jeunes arbres contre les chèvres de Sainte-Lucie, mais Vanina savait que le réseau n'allait pas plus loin qu'à la prochaine crique, et qu'il était inutile de se salir, ou de déchirer sa jupe à travers les pointes rouillées.

Elle descendit par un sentier abrupt, une coulée de sable où des racines aidaient au pied et à la main (les pins de lisière, sur leurs racines à demi déterrées, avaient l'air d'être plantés sur le dos de grandes araignées noueuses), et elle arriva au bord de la mer, sur une plage de cailloux et de rochers bas. Ceux-là même où selon ses racontars, le pêcheur avait surpris une murène et un serpent appariés dans le flamboiement de midi, et mieux valait en pareil cas fuir au plus vite, car le serpent se fût lancé contre l'homme ou la femme assez téméraire pour vouloir assister à leur union contre nature. Vanina pressa le pas, jetant un regard sur les rochers de pierre rouge et déchiquetée, où les mousses faisaient comme du poil brun au fond de petites mares. Des crabes, sans doute, s'y trouvaient blottis, mais on ne voyait rien remuer, et de poisson ou de reptile il n'y avait ombre ni trace.

A l'autre extrémité de la baie, terminée par un chaos de roche plus obscure et de galets comme de gros œufs bleuâtres, le sentier en pente assez douce remontait vers le bois de pins.

Il fallut traverser un rideau de tamaris, écarter leurs branches au contact soyeux (qui se couvriraient d'une eau salée comme des larmes, à la tombée de la nuit, Vanina s'en souvint en passant).

Le bois, évidemment, était désert, comme les rues du village, les champs, les vignes, les sables, et comme on aurait dit que fût tout le reste du monde à cette heure; mais il n'était pas désert avec la même innocence. C'était comme une prison qui eût été un piège aussi, où l'on pouvait à tout moment être assailli de tous côtés. Le caractère sylvestre est d'être clos en même temps qu'ouvert de toutes parts, à cause des milliers de troncs, des dizaines ou des centaines de milliers parfois, qui sont autour de vous comme des poteaux plantés pour vous tenir captif, et des ouvertures multipliées entre tous ces poteaux, par lesquelles un agresseur peut se glisser facilement, mais qui font un dédale où l'on est empêché de fuir.

« Quand la jeune fille fut entrée dans le bois, l'inconnu vint la saisir », Vanina écoutait avec curiosité cette petite phrase qui bourdonnait dans sa tête sans qu'on eût rien fait pour l'appeler, née dans l'état de vide mental qui avait été le sien pendant qu'elle marchait sous le soleil et qui avait fait place à une agitation d'esprit un peu fébrile depuis qu'elle se trouvait sous le couvert des branches. « L'inconnu vint la saisir » — oui; et n'était-ce pour cela, justement, qu'elle s'était échappée de sa chambre? Cependant elle ne voyait personne, et elle pensa très vite qu'il n'était pas là, qu'il ne viendrait pas, qu'il dormait comme une bête, lui aussi, et qu'elle allait errer toute seule dans le bois jusqu'à la fin du jour. Elle pensa qu'elle deviendrait peut-être folle, que viendrait peut-être à sa rencontre « la folie », une grande chose absolument blanche qui l'embrasserait et l'embraserait à perte de conscience.

Elle marcha, en s'écoutant marcher. Ses pieds (elle avait vidé ses espadrilles, tout de même, à la fin du chemin sableux) sur les aiguilles qui tapissaient le sol faisaient un bruit glissé, comparable à un halètement faible, mais qui devait s'entendre de très loin, car le silence est un vain mot au bois, caisse de résonance, au contraire, et mille petits bruits arrivaient aux oreilles de Vanina qu'elle aurait perçus difficilement en rase campagne. C'étaient des bourdonnements, des frottements d'élytres, des crincrins de sauterelles ou de cigales (point trop nombreuses, un récent orage ayant noyé beaucoup d'entre elles), les mouvements d'un écureuil ou d'un oiseau sautant d'une branche à l'autre, d'une couleuvre ou d'un lézard allant se mettre à l'abri, et des craquements de bois échauffé comme il en vient des meubles, la nuit, par la faute des esprits, dit-on, dans les maisons hantées. Elle s'arrêta, posa sa joue contre le tronc d'un jeune pin, appuya fortement sur l'écorce rugueuse où des lames se soulevaient, prêtes à se détacher. L'odeur de résine la saisit à la gorge, fut en elle avec une brutalité qui la surprit après la fausse douceur du baume, mais il était trop tard pour se défendre. Elle vit le dessin de l'écorce imprimé sur la peau de son bras, donc il l'était pareillement, ou avec plus de relief, sur son visage. « Je suis défigurée », pensa-t-elle. Mais quelle importance y avait-il à cela tant qu'elle était seule dans le bois ? La marque, d'ailleurs, passait tout de suite.

Elle entendit marcher dans une région où son regard n'atteignait pas, sur la droite. Elle resta immobile, puis, quand le pas (glissant aussi) se fut arrêté, elle se remit en marche dans cette direction-là. On ne voyait pas à plus de dix ou douze mètres, tant les pins étaient serrés, il faisait sombre sous leurs branches, la lisière était disparue depuis longtemps, et la petite phrase bourdonnait de nouveau dans la tête de Vanina. Quand elle s'arrêta, le pas reprit aussitôt, et il n'était plus très loin quand elle cessa de l'entendre. C'était à son tour de partir, suivant la règle du jeu (qu'elle acceptait, quoique ce fût la première fois qu'elle jouât, et qu'on ne lui eût rien enseigné). Il lui suffit d'avancer encore un peu, de se glisser entre quelques troncs, et elle se trouva devant le jeune homme de la plage, qui l'attendait. Quand il la vit, il jeta sa cigarette, et Vanina mit le pied dessus, pour que le bois ne fût pas incendié. Il sourit, en montrant ses dents, et elle sourit de même, sans le moindre embarras. La rencontre avait eu lieu. Cela s'était produit aussi simplement qu'un lever du jour.

— Je suis heureuse que tu sois venu, dit-elle.

Il n'eut pas l'air fâché, ni même étonné, de ce tutoiement qui lui était offert dès le premier abord. La regardant avec insistance et soin, comme s'il eût fait l'expertise d'un objet de grand prix, ou comme un sculpteur qui mesure ce qu'il pourra tirer d'un modèle :

— Je suis heureux aussi, dit-il. Tu es adorable; il n'y a pas d'autre mot.

En vérité, s'il cherchait à flatter peut-être, il ne mentait pas. La jeune fille, point grande sans être trop petite, levait pour le bien voir sa tête au pur ovale, et sous la masse des cheveux très bruns, tirés en arrière par un gros chignon flou, ce qui l'avait ravi, surtout, c'étaient les yeux, écartés, immenses, saillant un peu, comme des globes, hors du visage, et qui gagnaient ce pari triomphal de mettre un éclat de pierre dure sur la profondeur de la nuit. La bouche était arquée sans être trop grande, modelée par (ou pour) la joie des sens, mais avec un esprit moqueur ou libertin, et les dents brillaient. Il y a quelque chose de singulièrement actuel (par rapport au temps) dans un beau sourire, quoique certaines personnes ne puissent voir des dents sans penser à la mort. Tout combattait cette pensée-là, d'ailleurs, dans le visage de Vanina, qui était ainsi que la figure même de la jeunesse et de la vie, lisse et charnu comme un pétale de magnolia. Les tempes étaient largement arrondies, et s'il y perlait, comme aux aisselles, des gouttelettes de transpiration, n'était-ce pas la brèche de la cuirasse, le défaut indispensable à la beauté de toute femme, et qui venait à point pour rendre son courage au voyageur, refaire de lui un homme? Le nez était petit et fin, accordé aux lèvres pour la moquerie; les oreilles si petites qu'elles avaient une perfection monstrueuse (aucune contradiction entre ces deux mots!).

Les pieds de Vanina étaient presque nus, posés sur de la corde, sans le moindre talon; ses jambes étaient nues. Elle n'avait guère qu'une robe de toile, sorte de tunique, sans manches, peu ajustée, plus échancrée sur le dos que sur la gorge, mais d'un rouge inimaginable. Ce rouge éclatait dans l'ombre du sous-bois et vêtait de feu la jeune fille, comme la flamme d'un bûcher de sorcière.

— Viens, dit-il en lui prenant la main. Je vais te conduire dans un endroit où je te verrai mieux.

Elle obéit à son invitation, et ils allèrent ensemble, parmi les pins, en se courbant, lui surtout, pour éviter les branches mortes, qui dans cette région de jeune pousse étaient particulièrement touffues et basses. Chose étrange, dont elle le félicita et se félicita aussi, à part soi, ils restaient silencieux après les quelques mots du début, et ne riaient ni l'un ni l'autre. Mais une forêt, un bois, plus que des temples ou des tombeaux, ont un caractère pesant auquel il n'est pas facile de se dérober. Hors des arbres, certainement, ils auraient été moins sérieux.

Bientôt, elle vit où il avait désir de l'amener. C'était comme une cuvette assez vaste, dans le sol sablonneux que les racines avaient fixé, où les pins, moins pressés, étaient beaucoup plus hauts et plus vigoureux qu'ailleurs. Un peu de mousse avait revêtu le pied des troncs, une herbe dure s'était fait jour à travers les aiguilles sèches, dans les creux, et il y avait encore de petites plantes grasses et roses, aplaties sur le sol, qui portaient des hampes de fleurs minuscules. Le lieu était incomparablement neuf, aussi frais que s'il avait été créé la veille, ou que nul n'y eût jamais mis le pied. Vanina n'avait pas lâché la main de son guide, qui lui fut un ferme appui sur les aiguilles glissantes, pour descendre dans ce domaine où la lumière tremblait.

Il la saisit par les poignets (la petite phrase, en elle, s'était tue depuis leur rencontre), et la plaça, mais doucement, le dos contre un arbre. Il se tint devant elle et la regarda, sans sourire. Elle le regardait de même. Il avait un front large, sous des cheveux noirs arrondis comme une frange, trop longs d'ailleurs, et tombant sur la nuque. Il avait des yeux brillants et sombres, sous les arcades fortement bombées, un nez busqué légèrement et mince, un menton large, une bouche sévère. « Je sais à qui il ressemble, se dit Vanina. C'est en chair et en os un tableau de Giorgione : ce jeune homme dont j'aimais tellement le portrait, à la Vieille Pinacothèque. » Elle se dit aussi que c'était précisément la comparaison à éviter, comme toute référence à des « choses d'art », si elle essayait, un jour, de conter son histoire. « Ah ! pensa-t-elle encore, que je voudrais le voir avec une veste de fourrure ! En hiver, dans des peaux de renards, qu'il serait beau... Je me demande ce qu'il va faire. »

Lui, comme en réponse, eut un geste qui la rapprochait de sa poitrine. C'est bien probable qu'il allait l'embrasser. Mais elle se dégagea avec un mouvement vif, une aisance dont il resta penaud.

— Assieds-toi, lui dit-elle, en s'asseyant la première.

Et avant qu'il eût ouvert la bouche (mais il ne semblait pas très parleur), elle jeta sur lui un flot de paroles, ordonnées cependant, les pensées courant à la suite des mots sans qu'elle comprît rien à ce qui se passait, ou naissait, en elle, sans qu'elle pût le moins du monde contrôler son discours. Ces paroles étaient prodigieusement imprévues, également scandaleuses. Elle eût été horriblement choquée de les entendre prononcer par une de ses compagnes, ou par Juliette, hier encore.

— Je te veux du bien, — elle avait commencé par lui dire cela.

Puis elle lui dit, sans hésiter, ni baisser le regard, qu'elle l'aimait (ce qui est la même chose, dite avec un accord plus entier et plus profond), mais qu'elle ne voulait pas risquer de perdre la tête et de céder à un moment de trouble. Qu'elle voulait, oui, être à lui sans aucune restriction, mais en suivant son propre instinct et en sachant très bien ce qu'elle faisait, en restant capable de voir en elle comme dans une eau claire. Non pas ce jour-là, car elle sentait le besoin de réfléchir assez longuement à tout ce qui allait se passer entre elle et l'homme qu'elle aimait (puisqu'elle l'aimait, elle n'avait pas honte à le déclarer de nouveau). D'abord, elle ferait retraite. Et le lendemain soir (ou plus précisément : après la soirée du lendemain), qu'il l'attendît entre minuit et demi et une heure, sur la plage, de l'autre côté du petit canal par où la mer communiquait avec l'étang des pêcheries. Elle viendrait le rejoindre. Et qu'il n'allât sourire de ses instructions minutieuses, ou se moquer des rendez-vous qu'elle lui fixait l'un après l'autre, car elle n'en avait jamais eus, auparavant, avec un homme. C'était son habitude et son goût de prendre tout au sérieux; elle n'allait pas traiter l'amour à la légère.

Elle lui dit qu'il fût attentif, et, surtout, qu'il évitât d'être frivole, car il avait un beau visage grave comme on en voit sur les tableaux anciens, dans les musées. Qu'il gardât cet air sombre, et qu'il écoutât bien ce qu'elle allait dire encore. Il ne fallait pas que manquât un seul arrangement à leur fête commune, quand cette fête aurait lieu; il fallait organiser celle-là dès maintenant en ses plus petits détails, comme un ballet machiné pour un roi et une reine. Elle refusait d'accepter un baiser par surprise, à plus forte raison de se laisser dérober un consentement que déjà elle accordait sans limite, pourvu que l'on respectât ses clauses. C'est une sujette qu'elle voulait lui offrir; une reine, oui, mais une reine captive, une prisonnière, une esclave soumise à tout par pur caprice. Ainsi, quand elle viendrait à sa rencontre sur le bord de la mer, qu'il la saisît un peu brutalement et lui liât les mains derrière le dos. Il pouvait tout de même lui sacrifier une cravate!

Elle dit qu'elle voulait lui donner les plus grands plaisirs du monde, beaucoup plus que ne lui avaient donné jusqu'à présent les putains de bordels et les épouses adultères qui avaient été ses compagnes de lit, sans doute. Pour cela, elle le priait de ne pas la prendre à l'improviste, quand il l'aurait liée, de ne pas la prendre à l'étourdie, trop vite, puisqu'elle n'irait là que pour être prise par lui sur le sable, et qu'elle savait très bien d'avance à quoi elle serait exposée. Qu'il s'amusât d'elle. Qu'il la caressât un peu sous ses vêtements, avant de les lui retirer. Elle aurait peut-être un short pour lui donner tout de suite ses jambes nues jusqu'en haut. Ou une jupe large. Qui pourrait dire comment elle serait habillée?

Mais il ne devait pas la toucher avant la nuit et l'heure qu'elle avait choisie pour leur fête.

Et puis, il fallait qu'il sût cela aussi : elle était vierge.

Non, qu'il restât silencieux; cela lui allait bien. Il n'était pas nécessaire de dire comment il s'appelait, du moins pendant les premiers jours. Elle n'avait nullement besoin de connaître le nom de celui qu'elle aimait. Pour Vanina, il serait le jeune homme de la plage et du bois de pins. N'était-ce pas mieux que Fabrice ou Frédéric!

Ils allaient se quitter maintenant; mais, avant de partir, elle lui faisait une promesse encore. Cette nuit même, elle se montrerait à lui. Après onze heures, qu'il vînt sans faire de bruit à la maison qu'elle habitait avec son amie, la petite maison de pêcheur, peinte en blanc et rose, derrière le restaurant. Sa fenêtre était celle qui donnait sur la pinède, et il n'y en avait pas d'autres de ce côté-là. Point d'erreur possible. Les volets seraient fermés d'une simple pression, non pas verrouillés, et il n'aurait qu'à pousser, de l'extérieur, pour les ouvrir. Alors, il la verrait. Mais sous aucun prétexte il ne devait entrer dans la chambre.

Lorsqu'elle eut fini de parler, elle se leva, posa légèrement la main sur son épaule et s'enfuit. Lui, comme un homme qui buvait et que l'on prive, la rappelait. « Vanina », criait-il, épris de ce nom sinueux qu'elle lui avait laissé en gage, bien qu'elle eût refusé d'entendre le sien. Mais elle ne répondait pas et courait, faisait des bonds, si fort que l'on ne pouvait songer à la rattraper. Déjà, elle avait grimpé sur le talus d'aiguilles sèches, franchi la crête, plongé sous les branches. Le bruit de son pas diminuait. Sans joie, ni tristesse, avec une certaine indifférence même, comme on se trouve quelquefois dans le meilleur et le pire de l'amour, il baissa les yeux vers le sol. Devant lui, près de son pied, l'une de ces petites plantes grasses dessinait une étoile à cinq branches, sur le terrain gris. Il la considéra; elle grandissait et remplissait tout son espace visuel, tandis que par la pensée il se noyait dans une sorte d'eau lisse, qui était Vanina.

La jeune fille, dès qu'elle s'était sentie hors d'atteinte, avait ralenti sa course. Elle écouta : nul bruit. Il lui avait donc obéi, et n'était pas sorti du trou, selon son désir. Elle eut un désir plus violent, qui était de se trouver dans sa chambre. Pour y arriver le plus tôt possible, au lieu de se diriger vers la mer, elle traversa le bois dans sa plus grande longueur. Hors des pins, elle fut arrêtée par des fils de fer barbelés, mais elle se glissa dessous, dans la poussière, à un endroit qui devait avoir été creusé exprès pour cela, car un sentier y aboutissait directement. Il n'était pas difficile de passer, même (ou surtout) pour une chèvre. Les premières maisons du village étaient à quelques pas. Elle se hâta, sans plus faire attention à rien, dans les rues, sans voir les quelques gens qui commençaient à aller et venir.

Un changement s'était produit en elle, qui était assez près du bouleversement, mais qu'elle ne connaissait pas puisqu'elle négligeait de s'en indigner. Le discours (peu conciliable avec la modestie qui avait été, jusque-là, sa règle nonchalamment), tenu dans le bois de pins, avait en quelque façon transformé son caractère (au lieu d'avoir été formé par lui), et, sans avoir voulu cela, ni s'en être bien aperçue, elle était entrée complètement dans la peau de la bizarre demoiselle qui l'avait prononcé. Plus simplement : elle était devenue de corps et d'âme celle qui serait livrée dans la nuit du lendemain, et elle éprouvait le poids des liens, sûre d'elle-même et curieuse de savoir comment l'autre tiendrait son rôle.

Elle rentra comme elle était sortie (un rondin se trouvait sous la fenêtre, bien à propos), se jeta sur son lit sans le défaire ni se déshabiller. A côté, Juliette reposait encore.

Plus tard, quand celle-là eut poussé la porte (qu'un galet, sur le sol, maintenait, en l'absence de toute serrure) :

— J'ai bien dormi, dit-elle à Vanina. Et toi? As-tu rêvé?

— Je ne crois pas, répondit la seconde.

Après le repas, après la sieste, c'était de nouveau l'heure du bain quand elles furent sur le chemin de la plage. Il y avait là (mais groupés dans la première étendue qui faisait suite à une grève de cailloux où l'on échouait les barques, tandis que le rivage, un peu plus loin, restait désert) tous ceux de Sainte-Lucie qui ne travaillaient pas et qui ne craignaient pas trop le soleil : des garçons, des filles, des mères encore jeunes avec une troupe d'enfants déjà, quelques vieux et des vieilles qui soignaient un rhumatisme en se faisant enfouir dans le sable brûlant. Il y avait aussi les étrangers qui étaient venus dans leur maison d'été, ou qui avaient loué une chambre chez l'habitant pour y passer les vacances, et si la plupart étaient des gens de Sardaigne, familles d'Olbia ou de Nuoro, voire de Sassari, de Cagliari même, certains, en très petit nombre, étaient des « continentaux » (comme on les appelait), des étudiants pauvres surtout que les bas prix de l'île avaient séduits et retenus. Le jeune homme du bois de pins appartenait probablement à cette dernière espèce, car son accent, dans les quelques mots qu'il avait eu loisir de prononcer, ressemblait à celui de Pise et de Florence.

Qu'il fût absent de la mer et du sable, cela n'était pas pour déplaire à Vanina. Au contraire, elle avait du goût à penser qu'il était demeuré au bois après son départ, assis par terre auprès de l'arbre sous lequel elle lui avait longuement parlé, et qu'il méditait sur ce qu'il avait entendu. Jamais de sa vie, jeune comme il était, dix-neuf ou vingt ans à peine, il n'avait dû entendre un semblable discours, et certainement il en était resté abasourdi, puisqu'il n'avait pas essayé de répondre ou de désobéir. Il s'était repris, certainement, dans la suite, il embrassait peut-être le tronc d'un pin, ou il songeait à ce que lui réservait le soir. L'amour n'est pas une chose commune sur laquelle on peut broder, pensait-elle, et il faut l'offrir et l'accepter, le donner et le recevoir, avec cet esprit de dépouillement et de simple feu qui est le meilleur moyen pour arriver à l'intimité des âmes et des corps.

Elles se promenaient au bord de l'eau (c'est le matin qu'elles se baignaient, et l'après-midi elles préféraient marcher sous le soleil oblique, se mêler aux gens du village, gagner l'ombre ou quelque solitude, s'asseoir quand elles avaient envie et causer légèrement, comme à l'école); elles se seraient crues au promenoir d'un théâtre burlesque. Les étrangères, les citadines, différaient peu sans doute de ce que sont les baigneuses sur toutes les plages du monde, mais si quelques-unes des femmes et des filles de Sainte-Lucie possédaient un vrai costume de bain, chaste d'ailleurs, selon les instructions des prêtres, agrémenté d'une petite jupe à la ceinture et décolleté le moins qu'il fût possible sans trop de ridicule, les autres, à l'ancienne mode, allaient à l'eau dans de longues chemises de coton blanc ou semé de fleurettes. Quand elles sortaient, évidemment, le fin tissu plaqué sur leurs corps aux formes raidies par le froid les exposait aux regards dans un état de nudité accusée, beaucoup plus indécent que le naturel. Vanina regardait volontiers ces filles, dont quelques-unes, des plus jeunes, étaient outrageusement belles avec leurs seins aux pointes dures sur une sombre aréole, leurs ventres bien plantés sur des cuisses fortes, leurs noirs triangles comme la marque du troupeau. Elle les montrait à Juliette qui ne savait que rire, la sotte, la trop civile; elle aurait voulu les montrer au jeune homme du bois. Lui n'aurait pas ri de ces exhibitions consacrées par le soleil et par le sel de la mer, puisqu'il n'avait pas ri, ni souri même, quand elle avait prononcé son discours, qui pourtant n'était autre chose que le vœu d'impureté violente d'une jeune furieuse. Elle pensa que la plus brutale impudeur de ces filles était le fruit admirable de la pudeur; ainsi allait-il de l'impur et du pur. « C'est parce que je suis vierge, se dit-elle, que je veux être liée pour être déchirée. Souffrirai-je beaucoup! Ah! j'ai encore cette odeur de résine au fond de la gorge. »

Craignant d'avoir été devinée, dans la passion qui l'étranglait, elle regarda Juliette, qui la regardait. Mais non, l'autre n'avait rien compris. Elle attendait, à son habitude, que Vanina choisît d'aller d'un côté ou de l'autre, vers les pins ou le long de la mer, et dans l'attente elle jouissait (selon sa vieille, naïve et romande façon de dire) du temps chaud et de l'air comme elle eût fait au bord d'un lac.

— Partons, dit Vanina. Ces filles qui se croient en devoir de crier dans l'eau me cassent la tête. Je voudrais être aimée de l'Éternel comme jadis le prophète Élisée. Alors je le prierais d'envoyer, non pas des ours, mais quelques petits requins de la plus méchante espèce, pour les rendre silencieuses. As-tu remarqué que celles qui crient le plus fort et gesticulent portent le costume moderne, le maillot? Les femmes à l'antique, ces grandes beautés farouches qu'un linge mouillé couvre à peine, se tiennent tranquilles.

— Elles sont tranquilles parce qu'elles ont honte, dit Juliette.

Vanina ne la voulut pas contredire, car elle méprisait d'avoir tort ou raison, et elle n'avait pas invité son amie pour être obligée à discuter, chose qui la rebutait profondément; mais elle n'en fut pas moins persuadée que Juliette, avec son cher bon sens, se trompait une fois de plus, et que s'il y avait honte ou gêne parmi les baigneuses c'était justement chez celles qui hurlaient au contact des vagues et se démenaient, tandis que le peuple qui restait accroupi dans l'eau tiède, près du rivage, puis sortait avec lenteur, sans rien cacher, quand il commençait à sentir le froid, ne pensait à mal pas plus que des juments ou des ânesses.

A mesure qu'elles marchaient, les cris diminuaient derrière elles, et croissait en revanche le bruit des mouettes et des petits oiseaux qui piaillaient non loin de là, sur une langue de sable où ils étaient assemblés.

— Les âmes sont en grand tumulte, à ce qu'il paraît, dit Juliette. Prieras-tu l'Éternel qu'il t'envoie un épervier pour les mettre en fuite, ou un aigle de mer avec de grandes moustaches de poil roux entre les doigts de ses pieds?

— Fille hérétique, tu es aussi incapable d'adoration que d'amour! Si je croyais être aimée d'un dieu, ou l'aimer, je quitterais mes vêtements à l'instant même et je nagerais sans peur au milieu des requins pour aller au-devant de lui, comme les filles de l'archipel polynésien qui partaient à la nage, toutes nues, les cheveux ornés seulement de fleurs rouges, à la rencontre des navires où elles savaient que se trouvaient des hommes blancs qui étaient peut-être des dieux pour elles, et qui les épouseraient brutalement. Elles allaient les chercher très loin en haute mer, et elles chantaient quand elles apercevaient des voiles. Les matelots leur jetaient des cordes; ils les tiraient de l'eau comme de gros poissons brillants et ils les épousaient sans douceur, sur un tas de chanvre ou sur le plancher du pont. Je ne pense pas qu'ils les aimaient, car ce n'étaient que des hommes vulgaires, privés de femmes depuis longtemps, et quand elles avaient un collier ou un bracelet de perles ils s'en emparaient, payant d'une verroterie sans nulle valeur, ou d'un coup de poing, et quelquefois ils les rejetaient à l'eau, toutes lasses comme elles étaient après qu'elles leur avaient servi. Mais elles étaient amoureuses, elles. A cause de cela, rien ne les rebutait, et si elles parvenaient à regagner la terre, les, récits qu'elles faisaient décidaient leurs compagnes plus jeunes à fleurir leurs cheveux, à se mettre nues et à partir vers le large à leur tour, pour être pillées et meurtries par les dieux blancs, quand l'approche des vaisseaux était signalée.

— Moi, dit Juliette, je n'aurais pas été au-devant de ces bateaux. Et si j'avais une perle, un peu noire comme je la voudrais, il faudrait beaucoup plus qu'un dieu pour me la prendre.

Elle caressait à son doigt une grande bague, d'or et de verres de couleur ainsi qu'une rose de vitrail, qu'elle avait achetée à un prêtre de Siniscola, et dont elle s'était jalousement entichée quand le vieil homme lui avait dit que cette bague provenait du trésor de son église où elle était contenue depuis plus d'un siècle. Offerte à la Madone en remerciement d'une grâce obtenue, elle pouvait être vendue néanmoins pour le besoin d'une très pauvre paroisse, et elle protégerait la femme qui l'aurait en sa possession aussi longtemps que la Madone n'apparaîtrait dans les rêves de celle-ci pour lui redemander un bijou qui ne cessait point d'appartenir à Dieu. En pareil cas, il était prudent de rapporter la bague au plus vite, et de la remettre dans le trésor. Sans indemnité, naturellement, car il y avait autant de mérite à cette action que de gloire dans ce rêve. Le prêtre avait ajouté qu'après avoir paré des femmes pendant quelque temps, et leur avoir porté bonheur, les bijoux de la Madone, à la fin, lui revenaient presque toujours.

Malgré la beauté de l'objet (que le prêtre avait tiré d'un mouchoir tout assombri de crasse, pour le proposer aux jeunes filles), Vanina le regardait avec un peu d'inquiétude, sinon de répugnance, et elle aurait préféré qu'il ne sortît pas de l'église (ou de la poche du curé). Elle demandait à son amie, parfois :

— As-tu rêvé de la Madone?

Sans varier, Juliette assurait que non. Et il était clair que pour rien au monde, sous aucun prétexte, elle ne rendrait la bague.

Causant, elles s'étaient rapprochées des oiseaux, dont plusieurs s'envolèrent, puis tous jusqu'au dernier, et elles virent que ce qui les attirait était des restes de viande ou de poisson que l'on avait paresseusement répandus, sans jeter assez fort pour les envoyer dans la mer où ils eussent été dispersés. Une famille (ou une compagnie) s'était installée par là, qui devait être descendue d'un village, dans la montagne, où les choses de la vie n'avaient changé presque en rien depuis très longtemps, et c'était le déchet des repas, sans doute, que ces ordures où les guêpes aussi s'acharnaient. Des bâches, des tapis usés tendus entre les roues d'un chariot et des pieux, des nattes de joncs suspendues, faisaient un abri précaire, mais suffisant pour l'été, où des femmes reposaient à l'ombre, couvertes de grands châles. Des enfants complètement nus jouaient à se poursuivre; l'un d'eux, qui avait l'air d'une fille, se roulait dans le sable ou d'autres le fouettaient avec des disciplines qui étaient des algues sèches liées à des bâtons; il gémissait, mais il ne cherchait pas à fuir. Nul homme n'était présent. Seul, derrière le campement, un jeune garçon baignait un cheval dans l'eau noire des lagunes. Il le montait à cru, sans plus de vêtement, lui-même, que les petits, et lui donnait des coups de talon pour le pousser dans l'eau qui n'arrivait pas au ventre de la bête. Ses cheveux, un peu longs, retombaient sur une joue, quand il se tournait en arrière. Il chantait, tout en talonnant sa monture, un chant à la mélodie très simple et répétée, aux notes très aiguës, qui n'étaient pas en désaccord avec les roseaux penchés sur l'eau couleur de suie, avec les bœufs accroupis sous des chênes, de l'autre côté du marais, ni avec sa personne adolescente et brune, étroitement unie à une bête nerveuse que la fraîcheur apaisait.

Les oiseaux tournoyaient au-dessus de la mer, sans trop s'éloigner de cette pointe courte, léchée par le clapotis, d'où les avait chassés l'approche des jeunes filles, mais où ils allaient revenir picorer dès qu'elles se seraient éloignées suffisamment pour ne plus être à craindre. Leurs cris déchiraient l'air avec des éclats qui faisaient penser à des flammes brèves et blanches, tandis que le soleil s'abaissait vers les crêtes, et que la teinte du sable virait au rose, d'où elle passerait au gris et puis au violet avant de se fondre dans l'obscur; ils étaient modulés, d'une façon curieuse, dans le même registre que le chant, comme si la voix du jeune cavalier leur avait donné le ton, fourni la note haute. Certains moments, dans les endroits très écartés des villes, des constructions modernes et de ce que l'on appelle, en gros, la « civilisation », révèlent à un témoin sensible une extraordinaire harmonie (plus apparente, d'ailleurs, que réelle), où l'on dirait que se répondent tous les éléments de la nature. Le témoin, selon son caractère, plus souvent que d'en faire partie, a l'impression de se trouver exclu de tel ensemble. Ainsi vient-il à un sentiment de solitude, qui commande autant la peur d'autrui que l'ennui, ou le plaisir, d'être seul. Vanina pensa à son rendez-vous de la soirée, à celui, beaucoup plus grave et plus lourd de conséquences, où elle irait la nuit du lendemain, et, brusquement, devant le proche avenir auquel elle s'était destinée, elle s'effraya.

Tournée vers Juliette, dans un pressant désir d'amitié, sinon de confidence encore, elle lui montra le cavalier qui les regardait par-dessus les roseaux. Il avait posé le poing sur le haut de sa cuisse, soit pour cacher son sexe, soit pour le désigner avec plus d'importance.

— Comment trouves-tu ce garçon? demanda-t-elle. Il est beau, n'est-ce pas?

— Le jeune sauvage? dit Juliette. Je reconnais qu'il va bien dans le tableau, mais ce n'est pas une peinture à mon goût, ni au tien, je l'espère!

Il était inutile de répondre qu'elle ne savait rien des goûts de Vanina, puisque ceux-ci venaient de naître à peine, et de se fixer sur un objet auquel elle ne cessait de penser, fièrement parfois, avidement, joyeusement, timidement, craintivement en dernier lieu, passionnément toujours. Quant aux goûts de Juliette, elle-même laissait entendre qu'ils n'avaient pas besoin d'être très impérieux pour qu'elle se rendît facilement à un étudiant, étranger de préférence, rencontré dans une pâtisserie, au possesseur d'une voiture spacieuse ou d'un canot automobile propre à gagner rapidement, sous prétexte de bain de soleil, le milieu du lac, et si elle exagérait probablement, par vantardise, cette facilité, elle ne l'inventait pas. Des filles aussi, ses compagnes de collège, en avaient fait la plaisante expérience. Être disponible, c'était une des vertus que l'on accordait à Juliette, dans les potins de Lausanne. Vanina, qui la méprisait plus qu'elle ne l'admirait, ou ne l'enviait, pour cela, mais qui aurait été bien contente de la voir aux prises avec un homme et qui l'avait invitée un peu dans le dessein de satisfaire à cette curiosité, regretta (elle se sentait volée) que son amie fût tellement indifférente au jeune cavalier nu.

— Il est très beau, dit-elle. Sauvage ou non, si je l'aimais, je n'aurais pas honte qu'il me prît sur son cheval et qu'il m'emmenât n'importe où, devant toi et devant tout le monde.

— C'est bien heureux que tu ne l'aimes pas, dit tranquillement Juliette.

Vanina se mordit avec colère l'intérieur d'une joue, jusqu'à déchirer la muqueuse, et elle eut un goût de sang dans la bouche. Elle avait été sur le point de dire à Juliette qu'elle en aimait un autre, qui était beaucoup plus beau que celui-là et qui ressemblait à l'un des plus beaux portraits qui eussent jamais été peints (mais Juliette, malgré ses prétentions, ne connaissait rien à la peinture), et que cette nuit il la verrait comme il n'est pas souvent permis à un homme de voir une jeune fille, et que dans la nuit du lendemain elle se remettrait à lui pour qu'il la liât et qu'il usât d'elle à sa discrétion. Mais eût-elle dit cela qu'elle aurait maintenant voulu s'arracher la langue, et elle se jugeait coupable, et méritant une punition, pour avoir été si près de le dire. Car Juliette n'aurait absolument rien compris, et il était parfaitement vain de songer à la prendre pour confidente. La solitude n'était pas effrayante, à la réflexion, et on la pouvait regarder comme un état tout de grâce, dans son cas particulier, en considérant que l'amour était sa cause et qu'il la remplissait. Elle se demanda si elle se trouverait seule encore, quand elle serait prisonnière dans les bras du jeune homme, contre sa poitrine; elle se demanda si l'amour n'était pas plus merveilleux quand il était reçu dans la solitude. Son effroi s'était dissipé. Elle pensa qu'elle avait eu grand tort d'avoir peur, puisqu'elle était bien assurée d'être faite pour l'amour comme le poisson pour l'eau et l'oiseau pour le vent, comme la salamandre, selon les anciens adeptes, est faite pour le feu.

— A quoi penses-tu? dit Juliette, en lui prenant la taille, soudain. Pourquoi es-tu tellement silencieuse? Tu n'es pas fâchée?

Non, elle n'était pas fâchée. Au contraire : l'aveuglement de Juliette à l'égard d'une chose aussi bouleversante qu'un beau garçon nu sur un cheval débridé dans un marais inculte, certaine pesanteur en elle, certain sens pratique par où elle était alourdie, tout ce qui la faisait différente, en somme, Vanina l'acceptait avec une immense indulgence et beaucoup d'amitié. Elle ne lui dit pas cela, bien entendu, et elle ne lui dit pas davantage ses pensées précédentes, mais elle la flatta d'un compliment comme une bête favorite, elle répondit à ses caresses, et elle pressa le pas en l'entraînant.

Tandis qu'elles allaient au long du rivage (car on marchait mieux sur le sable humide) elles trouvèrent un grand oursin que poussaient les vagues. Plus gros que les deux poings réunis, presque déprouvu de piquants, rosé, il avait la forme exacte d'un cœur, et Vanina le tira hors de l'eau. Elle le cassa d'un coup de pied, pour voir. Rompu, il ne montra que des boyaux d'un rouge obscur, qui avaient une violente odeur de pourri.

— Que fais-tu ? dit Juliette.

— J'apprête le repas des âmes. C'est le genre de nourriture dont elles sont friandes. Tu vas les voir venir, dès que nous serons parties.

Et elles se remirent en chemin, autant pour fuir la puanteur que pour laisser les oiseaux dévorer paisiblement leur festin de tripes.

En peu de temps, elles arrivèrent aux pêcheries, mais elles ne franchirent pas l'étroit goulet qui rejetait un courant assez fort, car il était environ l'heure de la basse mer. Longeant la rive du canal (un simple ruisselet), elles vinrent près d'un bâti qui ressemblait à une machine à laver l'or ou aux restes d'une cité lacustre, et qui, à meilleur examen, se trouvait être un barrage de pieux, de grosses pierres et de planches, construit en angle aigu, avec une ouverture au sommet, selon le principe de la nasse, afin que le poisson pût entrer de la mer dans l'étang et qu'il fût empêché d'en sortir. Un piège, donc; Vanina pensa qu'il s'en pourrait placer de la sorte au seuil des bonneteries lausannoises, pendant l'été, pour prendre des filles que l'on viendrait trier à la tombée du soir, choisissant les plus dorées et lourdes, comme des pépites parmi le gravier répandu au fond des sluices. Puis elle pensa qu'elle avait des pensées stupides, mais elle savait bien que si elle avait été un homme elle eût aimé trouver Juliette enragée dans le piège, l'y saisir en jetant sur elle un épervier à larges mailles, tourmenter sa prise. Elle lui aurait donné l'éducation qui lui manquait.

Des flaques, entre des touffes de roseaux secs, grouillaient de très menus poissons, qui allaient pouvoir regagner l'étang à marée haute.

— Te rappelles-tu la petite sole? dit Juliette.

Oui, elle se rappelait qu'elle avait pris une petite sole dans l'une de ces mares, le lendemain de leur arrivée à Sainte-Lucie, et elle l'avait tenue longtemps dans le creux de sa main, regardant le dos grenu, puis le ventre nacré de la bestiole qui se débattait, claquant avec le bruit d'une feuille agitée par un filet d'air. Si petite qu'elle était comme transparente au soleil, les veines tracées en rose, sous la peau. Vanina l'avait remise enfin à l'eau, curieuse de cette nage qui la faisait onduler comme un papier noyé. Il y avait un accord étrange entre tel souvenir et sa pensée précédente, et elle s'émerveillait que la question de Juliette fût venue juste à point pour le provoquer. Ce n'était pas la première fois, d'ailleurs, qu'elle remarquait que son amie, en revanche (ou récompense) du défaut de pesanteur, avait reçu le don de l'intuition.

Les pas des jeunes filles, sur la rive de l'étang, avaient ému tout un peuple invisible à l'exception des crabes fluviaux que suivait l'œil, tandis qu'ils descendaient lentement vers le fond, et des rides, ou de violents remous, couraient à la surface en s'écartant du bord. Des oiseaux de marais partaient aussi d'un vol bas, plongeaient parmi les joncs. L'eau tranquille avait une vague odeur de croupi dans cette région-là, que nul courant n'intéressait, et des moisissures vertes et jaunes, plaquées sur l'ombre et les lumières, lui faisaient un somptueux décor où s'exaltaient les notonectes, les nèpes, les ranatres, les hydromètres. Des grenouilles tombaient comme des fruits lourds, respectant une distance critique, semblait-il, à mesure qu'avançaient les deux filles. Leurs pieds enfonçaient un peu dans un terrain mou, d'un gris plombé, presque noir, où des racines aux formes bizarres (celles des roseaux étaient assez troublantes par leur anthropomorphie capricieuse) et des bois flottés uniment revêtus d'une admirable patine couleur d'anthracite se trouvaient amoncelés comme de rares pièces de fouilles. Quel musée eût-on composé là, à la seule condition de se baisser!

Elles n'en prirent pas la peine, car il y avait dans ce lieu d'eaux mortes et de charbonneux débris une atmosphère qu'elles avaient jugée triste à la première exploration, et Vanina pensait que des hommes de l'antiquité y eussent placé le séjour d'un dieu méchant. C'était au moins celui d'une colonie de moustiques, dont les piqûres faisaient craindre la fièvre. Elles eurent un sentiment de froid, toutes deux, malgré la chaleur.

D'un commun accord, elles s'éloignèrent de la rive. Malgré le sol friable, semé de chardons et d'épines, plus rebutant qu'ailleurs, elles entrèrent dans une zone de dunes qu'elles ne connaissaient pas et qui s'étendait entre les étangs et la mer. Pour basses que ces dunes semblaient, vues de la plage, elles avaient des replis insoupçonnés, et leurs petits monticules enserraient des vallonnements sableux où l'homme était caché parfaitement dès qu'il cessait de se tenir debout. Les jeunes filles s'assirent dans un creux de la sorte, au soleil, et la chaleur les ressaisit comme devant le mur d'un espalier. Juliette alluma une cigarette; elle se roula dans le sable, fit la bête pour montrer son plaisir.

— On est bien, dit-elle. Je suis contente que nous soyons venues en Sardaigne.

De tous côtés, aux flancs, sur les sommets des monticules, croissaient des lis de mer en touffes de fleurs blanches et de longues feuilles d'un vert cru, unique espèce à prospérer si luxueusement sur le pauvre support d'un sable imprégné de sel et mêlé de débris marins et de coquillages. Leurs cornets pendaient en grappes au bout de tiges charnues, et il sortait de ces belles fleurs un parfum qui était extraordinairement fort, frais en même temps que lourd, acide et doucereux, insinuant, compris entre la haute note donnée par le narcisse de printemps et celle, plus basse, de l'amaryllis d'automne, capable d'étourdir à la façon de ces bouquets qu'il est prudent de mettre hors de la chambre pendant la nuit. La chaleur fortifiait le parfum encore, qui descendait la pente du sable, se répandait comme un liquide. Il engageait à la nonchalance, plutôt qu'à la méditation, et l'on n'avait envie de rien que de rester là sans mot dire, en regardant les papillons crépusculaires qui venaient plonger dans chaque corolle une langue démesurée. Quelquefois passait un oiseau, chasseur d'insectes volants. Le jour devenait un peu rose. Les ombres s'allongeaient, pâlissaient. Mais les jeunes filles ne songeaient pas à l'heure, puisque rien de pressant, famille ni collège, ne les attendait au village, et qu'elles étaient maîtresses de laisser durer tout le soir leur engourdissement.

Quand elles se levèrent, les bruits du bain avaient cessé depuis longtemps, et l'air leur donna une impression de fraîcheur par contraste avec le creux brûlant où elles avaient demeuré. Vanina jeta sur ses épaules un grand châle noir, de soie très douce et fine, qu'elle avait pris dans sa chambre avant de ressortir, et elle attira dans un coin de ce châle Juliette aussi, pour qu'elle fût un peu plus vêtue au retour. Enlacées, elles franchirent les dunes, coupant au plus court pour être vite arrivées sur la plage. Partout, sur les menues élévations entre lesquelles elles se glissaient, au bord du sentier en chicanes, jusqu'au rivage, ou presque, fleurissaient les mêmes lis. Juliette aimait les bouquets comme on les aime en Suisse, où il faut des lois soutenues de gendarmes pour protéger les fleurs des Alpes, et elle ne résista pas à la tentation de cueillir; Vanina suivit son exemple; ce fut une gerbe qu'entre elles deux elles rapportèrent, étonnées, puis réjouies, de constater que les fleurs odorantes, quand on léchait ou mordait leurs calices, avaient un goût de sel qu'elles devaient probablement aux embruns, à l'écume lancée loin pendant les jours d'orage et de tempête.

Elles marchaient au bord de la mer quand le soleil disparut. La lune ne paraîtrait pas avant plusieurs heures. Elles étaient seules devant l'eau calme, dans un ruissellement de feu qui perdait du niveau rapidement et s'éteignait depuis le haut du ciel. Un nuage flottait, ourlé comme une grande méduse, qui était rose encore sur le vert envahissant de la profondeur, ombre bientôt, et quelques étoiles pâlement brillaient. La clarté ne manquait pas, ni ne manquerait, à les guider sur un chemin dont tous les accidents leur étaient connus.

Juliette se mit à parler de l'aurore boréale, médiocrement d'ailleurs. Vanina écoutait distraitement, sans se mêler au discours quoiqu'elle fût beaucoup plus docte que son amie, et qu'elle eût pu lui enseigner autant de choses sur les beaux météores qui effraient le peuple quand ils viennent remplir le ciel de flammes et de sang, que sur l'amour et sur la brûlante auréole dont il couronne les femmes qui ont fait choix d'être blessées par lui. Mais elle pensait à ce dernier point justement, et elle s'était promis de n'en pas souffler mot à une fille qui serait toujours une innocente, malgré son passé (et son futur assurément) de petites saletés ingénues.

Près du village, des enfants accoururent pour regarder les étrangères, les « reines d'Amérique », comme ils les appelaient. Elles s'enveloppaient, à la vérité, d'une sorte de manteau royal, qui était l'odeur des lis de mer et qui les protégeait un peu de la puanteur sur le terrain où elles marchaient et où tous les habitants, ou presque tous, allaient à la tombée de la nuit se décharger le ventre. Les pêcheurs étaient rentrés depuis longtemps, et ils n'avaient guère pris de langoustes. Dans la maison, l'homme, fatigué, dormait déjà; sa femme salua les jeunes filles avec un ton morose, la petite pleurait; il n'y aurait pas de conversation, pas d'histoires d'âmes, de serpents ni de murènes, devant la porte ce soir-là.

Elles allèrent dans leur chambre chacune, plutôt pour rester un moment tranquille et seule, pour s'étendre et passer le temps, que pour changer (à quoi bon?) de toilette. Ainsi l'heure vint d'aller dîner, ce qu'elles faisaient très tardivement, selon le désir de Vanina, malgré celui de Juliette, à Sainte-Lucie-de Siniscola. Il était près de dix heures quand elles se rendirent à la cantine qui faisait office de restaurant, de café, de bal même, et elles ne furent pas servies tout de suite comme Juliette aurait voulu, car il y avait de nombreux attablés. Des buveurs, ou de simples voyageurs, plus que des clients sérieux; le garçon en fit déguerpir quelques-uns sans cérémonie, pour donner une table particulière aux jeunes filles, sur la terrasse, devant la mer. Cet homme (qui était le maître du lieu aussi, et un ancien marin) partit sitôt qu'il les eut installées. Il fallut attendre longtemps avant qu'il revînt, et qu'il proposât quelque chose à manger. Une soupe de poissons, il fallut attendre plus longtemps encore avant qu'elle fût dans les assiettes. Juliette avait mangé tout le pain, dans son impatience. Les poissons, pourtant, étaient tellement variés et savoureux, il y avait tant de langouste avec du « corail », dans un coulis si brûlant et si parfumé, le vin de Malvoisie était si sec, que la mauvaise humeur de Juliette n'y résista pas, car elle était gourmande comme une belle perdrix, l'innocente au corps facile, et son avis encore une fois, après qu'elle eut englouti par-dessus sa grande portion ce qui restait de l'autre, fut que vraiment « elle était contente d'être en Sardaigne ». Vanina, qui mangeait peu, dit qu'elle était contente aussi, ou qu'à mieux dire elle était heureuse.

Elles ne voulurent pas de fruits, méfiantes de l'eau qui les avait lavés, et elles demandèrent du café très chaud et fort. Il leur fut porté noir comme l'encre de la seiche, amer malgré le sucre, dans de petites tasses à la porcelaine épaisse en proportion comme le mur d'un donjon. Là, ce fut au contraire du précédent service, et Juliette laissa la moitié de sa tasse à Vanina, qui en prit une troisième en outre. Elle avait apparemment décidé de ne pas fermer l'œil de toute la nuit.

Contre les ampoules, au-dessus de leurs têtes, des insectes volants se pressaient; ils tourbillonnaient, éblouis, puis ils tombaient et se débattaient sur la nappe de papier blanc. C'étaient des moustiques et des moucherons, de petits papillons, des coléoptères parasites des pins. Même en buvant vite, il y avait toujours quelques bestioles au fond du verre ou de la tasse.

La cantine avait trois ou quatre pièces; elle était pauvrement bâtie de bois, de chaux et de tôle ondulée, prolongée d'un plancher couvert pour avoir de l'ombre à midi. Au mur, près de la fenêtre de la cuisine, était accroché le haut-parleur d'un tourne-disque, et dès l'arrivée des premiers clients sur la terrasse il distribuait une musique bruyante et forcée, des chansons rauques, toujours les mêmes, et quelques airs à danser qui se répétaient sans plus de changement. Des couples s'étaient formés depuis le début de la soirée, qui évoluaient tant bien que mal, passant entre les tables, heurtant les chaises, gênant les garçons qui servaient. On les regardait de l'extérieur, où les curieux étaient sur plusieurs rangs comme autour d'un spectacle forain.

Plus tard il y eut des bravos, des cris : c'était pour fêter un ami du patron, ancien marin, celui-là aussi, qui entrait avec son accordéon. On coupa le fil du tourne-disque, on poussa les tables vers le bord, pour ménager une piste centrale. Au premier tango, Juliette fut invitée par un médecin ou un pharmacien de Cagliari, un petit homme bronzé, frisé et velu, qui avait remarqué les jeunes filles sur la plage et s'offrait à chaque rencontre pour les promener dans sa voiture. Vanina refusa l'invitation d'un jeune homme, et celle d'un autre, sans avoir pris la peine de les regarder. Danser l'amusait peu, et elle jugeait qu'elle n'avait plus le droit d'aller se mettre dans des bras, à plus forte raison de laisser toucher son corps, puisqu'elle avait choisi de s'abandonner sans réserve ni condition à un amant qui la lierait dans la nuit du lendemain et qui la verrait tout à l'heure. Cette heure-là, au fait, n'était pas éloignée. Il ne fallait pas être inexacte, il fallait être en avance, au premier rendez-vous, pour inaugurer dignement sa condition d'amoureuse. Elle se leva. Quand Juliette revint à leur table, Vanina l'attendait debout, et elle lui dit, sans lui permettre de s'asseoir, qu'elle était fatiguée et qu'elle voulait rentrer tout de suite. On se reposerait le lendemain, on dînerait plus tôt, mangeant moins lourdement, et elle pourrait danser jusqu'à la fin du bal.

Juliette riait encore d'avoir ri aux plaisanteries de son danseur. Elle serait bien restée seule, et même à la table du médecin (car il s'était présenté ainsi, décidément) qui n'aurait pas demandé mieux, mais au retour il fallait traverser la chambre où dormaient le pêcheur et sa femme, et elle craignait de les déranger en passant après Vanina. Quant à la fenêtre, elle était loin d'imaginer tous les usages qu'il s'en pouvait faire.

Elles quittèrent le restaurant, et devant la maison elles s'embrassèrent en se disant bonne nuit.

Vanina fut dans sa chambre. Elle alluma une bougie, car il n'y avait pas d'électricité dans la maison de Francesco, et elle plaça le galet contre la porte après l'avoir fermée, puis elle attacha la ficelle qui par deux clous la retenait. Fragile barrière, plus symbolique qu'efficace, mais Juliette ne traînait pas avant de se mettre au lit, et elle s'endormait aussitôt. De surcroît, elle avait le sommeil lourd.

La chambre était très petite, très pauvre et propre cependant, comme il est fréquent dans les habitations de gens de mer. Elle avait des murs peints en bleu pâle (à l'intention de déplaire aux mouches!), sous des rameaux chaulés qui portaient le toit de roseaux et de feuilles. Le sol était de terre battue, avec un tapis qui montrait la corde. D'une part il y avait une commode de bois sombre, à demi rompue sans être ancienne, dépourvue de poignées, et au-dessus une étagère, et puis une chaise et point de table; de l'autre un lit de fer, avec un matelas sans nulle épaisseur posé sur un treillis, un coussin dur et un grand drap (du lit conjugal) plié en deux. Une cuvette émaillée blanc, sur un support de tôle, était dans un coin, avec un seau dessous et un petit miroir au mur. Il se trouvait encore une penderie, derrière un rideau, près de la fenêtre unique. Des carapaces de crabes (de cette espèce dite « araignée », que le pêcheur et sa femme nommaient « chèvre de mer »), des coquillages, des nacres et des coraux fins comme des plumes, étaient pendus autour de l'étagère, alternant avec des images pieuses et une gravure en couleurs qui représentait sainte Rosalie. Vanina n'avait enlevé que des bouteilles vides, pour les remplacer sur la commode par divers objets de toilette qu'elle avait tirés de ses valises : des brosses en écaille blonde, des peignes, des étuis dorés, des flacons à tête d'argent, des pinces, de menus ciseaux, un beau miroir à main. Tout cela était précieux comme un trésor d'église dans l'esprit de Francesco et d'Angela, et ils le gardaient jalousement, veillant à ce que leur petite fille n'y touchât jamais et surtout à ce que les voisins en ignorassent l'existence, car il y avait des voleurs de langoustes qui allaient piller dans les nasses de leurs parents même, et qui eussent été bien capables de venir piller chez une étrangère.

Vanina s'était affectionnée à cette pauvre chambre comme on s'attache à une simple personne ou à une bête qui fut sauvage. D'y avoir porté quelque luxe, il lui semblait avoir orné le désert, et parfois elle répandait deux ou trois gouttes de parfum sur le sol, en guise d'offrande. Mais elle avait mieux, ce soir-là, que le triste produit d'une officine de la haute couture parisienne; elle avait les lis de mer cueillis dans les dunes, et qu'elle avait pris des mains de Juliette en lui souhaitant bonne nuit. Le grand bouquet était posé sur la chaise. Elle cassa les tiges trop longues, jeta le rebut, et elle arrangea les fleurs odorantes dans une corbeille de vannerie, entre le lit et la fenêtre. Il ne pouvait être question, naturellement, d'y mettre de l'eau, mais des fleurs crues dans le sel et dans la terre aride devaient supporter bien la soif (et la sécheresse).

Puis elle se déshabilla entièrement, lava ses pieds et essuya son corps pour le débarrasser des moindres grains de sable. A son bracelet-montre, avant de l'enlever, elle vit qu'il était tout près de onze heures. Il n'y avait pas une minute à perdre. Cependant elle dénoua ses cheveux et les peigna très longuement, et ce faisant, car ils étaient très secs, elle entendait grésiller de petites étincelles qui fluaient sous les dents d'écaille avec une lueur bleue, entre sa nuque et ses épaules, tandis que la chevelure se gonflait comme la fourrure d'un chat de Perse. « Il faut que je sois nerveuse pour avoir tant d'électricité en moi », pensa-t-elle, en laissant aller son miroir. C'était l'été, à vrai dire, et elle avait toujours étincelé sous le peigne, dans les soirs de forte chaleur.

Elle peignit ses lèvres de rouge pâle, elle mit du rose sur ses joues avec une petite houppe de cygne, un peu de poudre, elle passa un crayon bis sur ses cils et au bord de ses paupières, et même, car les pointes de ses seins se voyaient à peine, elle eut envie de les brunir légèrement en les frottant du crayon pour les yeux. A la réflexion, pourtant, elle n'en fit rien.

Quand elle se regarda dans le miroir encore, elle se trouva jolie, pensa qu'il faudrait être sot irrémédiablement pour n'avoir pas désir d'elle. Mais l'heure était avancée. Elle posa la bougie en haut de l'étagère, elle en alluma une autre, à côté, elle se coucha. Juliette devait avoir fait de même (sans tant de toilette) depuis un bon moment déjà, et elle dormait sans doute, car on n'entendait rien qu'un souffle régulier dans l'autre chambre.

Les bougies brûlaient avec des flammes droites, en face du lit, et elles répandaient sur lui la plus douce lumière qui se pût souhaiter. Entre elles deux, il y avait une petite Sainte Vierge de plâtre bleu et rose, dont la peinture rappelait les tons des terres cuites du Bas-Orient. « Isis et l'enfant Horus », pensa Vanina, en la considérant avec amitié comme si elle l'avait découverte à l'instant dans le fond d'un tombeau. Et elle ne se demandait pas, cette fois, si le jeune homme viendrait, car de quelque façon obscure elle était avertie que rien ne l'en pourrait empêcher.

Elle attendit peut-être un quart d'heure, en gardant une immobilité si parfaite qu'il lui semblait s'être retirée de son corps, mais son esprit battait la campagne avec la rapidité de la foudre, et puis, sans qu'elle eût entendu le moindre bruit au-dehors, elle vit le volet lentement s'ouvrir. Le jeune homme était là, qui la regardait étendue. « Surtout, qu'il ne dise rien », pensa-t-elle, et elle mit un doigt sur sa bouche en le regardant aussi, sans plus sourire qu'il ne faisait. Ce léger mouvement suffit à lui rendre conscience et possession de son corps, qui n'avait cessé d'être sujet de ces rêveries, mais comme une image, comme un objet étranger à sa propre personne. Elle resta tranquille encore un tout petit moment, pour laisser que son cœur se calmât, puis elle fit glisser sur le sol la moitié de drap qui la couvrait.

Alors Vanina Mari fut toute nue sous les regards de l'homme qu'elle avait choisi d'aimer. Nue sauf un collier seulement, un rang de boules d'or, d'ancien travail génois, qui brillait à la lumière des bougies et accentuait la ressemblance du jeune corps avec celui d'une petite danseuse égyptienne taillée dans le bois ou l'ivoire et ornée de bijoux précieux. Elle retenait son souffle pour se montrer à lui dans le plus extrême abandon, comme une chose inanimée qu'elle lui offrait, et par le manque de respiration son cœur cessait de battre et puis s'affolait davantage. Ses seins étaient très ronds et purs, menus d'ailleurs, gonflés, superbement; sa taille était longue et fine, sur des hanches un peu grasses quoique sans lourdeur, et elle avait des jambes très minces avec de longues cuisses parfaitement arrondies. D'émotion ou brûlée par le soleil, sa peau avait un coloris rosé, presque vif, sous la chaude lumière qui tombait des flambeaux; sa toison était très obscure et lustrée, bouclée aussi, vigoureuse et violente. Cependant qu'elle se montrait, elle pensait à ce qu'il voyait, lui, par la fenêtre, et elle imaginait de voir pour la première fois son propre corps, jeté sur un lit misérable, dans la petite maison d'un pêcheur de Sardaigne. Elle pensait aussi qu'elle se trouvait dans l'état de nudité complète devant une fenêtre qui ouvrait sur la grande nuit sauvage, et qu'il y avait la mer fraîche et remuante derrière l'homme qui serait bientôt son amant. Ces pensées lui donnaient des transports inouïs : il lui semblait qu'elle ne s'était jamais connue auparavant, et qu'elle apercevait son âme en même temps que les formes de son corps. Elle se disait qu'elle était « exposée » (ce n'était point mentir) ; elle était fière d'avoir été imprudente et courageuse assez pour oser cette folle exposition. Soutien de son enthousiasme, le parfum des lis avait rempli la chambre, et il ondulait comme un flot de fumée d'encens, avec tant de poids que l'on aurait cru pouvoir le toucher de la main, le couper au couteau. Entre les fleurs blanches et la chevelure noire, si proches les unes de l'autre, un rapport assez mystérieux s'était établi, fortifié par la nudité du corps. Vanina reposait toute nue dans ses cheveux défaits et dans l'odeur des lis de mer. A la lumière des bougies, le jeune homme la voyait.

Ainsi fut-il, pendant un long moment. On entendait le bruit des vagues. Tout à coup, peut-être à son geste de prendre l'appui, ou bien à son regard, Vanina sut que l'homme, vraiment, ne pouvait plus rester spectateur, et qu'il allait sauter dans la chambre.

— Non, dit-elle (dans un souffle, pour n'être pas entendue de Juliette, si par hasard celle-ci ne dormait pas). Demain... Va-t'en, maintenant.

A regret, le jeune homme obéit. Vanina demeura comme elle était quelques minutes encore, puis se leva. La nuit, dehors, était vide. Elle ferma le volet, en mettant le verrou cette fois, avant de se recoucher.

Elle ne dormit pas de cette nuit, selon l'intention qu'elle avait eue, ou presque pas, car elle pensait à ce qui allait lui arriver dans la nuit prochaine. Il faisait chaud, et elle transpirait, et le lit était trop étroit pour qu'elle pût changer de place en se tournant. Elle gardait le drap sur elle cependant, car c'était pour se montrer qu'elle s'était découverte, et maintenant que le jeune homme était parti elle lui devait de ne pas rester nue, croyait-elle, dans la solitude et dans l'obscurité. Son cœur battait avec précipitation, à cause de tout le café qu'elle avait bu. Elle aurait voulu en avoir bu davantage, et qu'il battît beaucoup plus fort. Passaient en elle des rêveries rapides, fulgurantes comme la décharge d'un potentiel électrique. Attentive au visage qu'elle imaginait penché vers le sien, elle le voyait roué au ciel, et qui se rapprochait en tournoyant comme une aérienne trinacrie, comme un astre égaré plus bas que la lune et que les étoiles. Ce mouvement de vrille lui donnait l'impression qu'elle allait être par lui broyée, clouée sur le sol, puis, astre ou visage, il remplissait tout le ciel et se confondait avec la nuit. Alors elle sombrait dans une infinie béatitude qui était cette nuit même, et qui était la face de son amant nuit devenue, sous un éparpillement de taches lumineuses.

« En vérité, se disait-elle, il est déjà mon amant, puisque demain je serai livrée à lui. Il est le maître de toute ma personne. » Dix fois, vingt fois, cent fois ou plus encore, elle recomposa en imagination les traits de celui qu'elle nommait son amant et son maître, et qui se défaisait à mesure. Qu'il s'épanouît en pluie de feu, comme un soleil d'artificier, n'était pas trop pour lui déplaire. Ses lèvres formaient le mot de « gloire » par lequel on désigne l'engin capable de ce prestigieux effet, en pyrotechnie, et entrouvertes elles cherchaient un baiser; ses narines aspiraient l'odeur des lis.

La fidélité la rendait heureuse avec laquelle elle retrouvait les moindres détails du visage que la fenêtre avait encadré, tandis qu'elle s'exhibait au jeune homme. Elle se rappelait bien le sombre éclat de ses yeux marron, ses sourcils touffus et noirs, ses oreilles un peu grandes, la belle courbure de son nez et le beau dessin de sa bouche, ses belles dents. En revanche, elle se rappelait mal ou point du tout le son de sa voix, comme elle l'avait entendu dans le bois de pins. N'était-ce pas sa faute? Elle ne l'avait presque pas laissé parler, et même elle l'avait empêché de dire comment il se nommait.

Elle se demanda s'il se rappellerait avec autant d'exactitude, lui, ce qu'elle avait eu l'audace de lui montrer. Avait-elle réussi à inscrire dans la mémoire du jeune homme, et de façon indélébile, l'image de son corps nu? Exposée aux lumières, déposée comme un objet sans vie, elle s'était prêtée longtemps à son regard. « C'est curieux, se dit-elle, que pour moi, il soit un visage avant tout, et que je veuille être un corps pour lui... Sans doute en est-il ainsi, quand on aime. »

Où habitait-il? Elle n'en savait rien, préférant qu'il n'y eût aucun décor domestique à l'arrière-plan du personnage encore un peu idéal pour lequel elle se passionnait. Ce qu'il pouvait faire en ce moment-là, s'il était rentré tout de suite après l'avoir vue ou s'il marchait à grands pas dans la nuit, le long de la mer, à la lisière des pins, à travers les dunes, comme un homme ivre ou un fou, s'il était endormi et s'il rêvait, et alors si son rêve était tout plein d'elle, ou bien s'il ne dormait pas et s'il divaguait en pensant à ce que lui réservaient les promesses de la jeune fille, elle ne s'en souciait pas le moins du monde.

Une chose la préoccupait seulement, qui était de bien lui donner, le lendemain, tous les plaisirs possibles, et de ne point manquer, non pas à ce qu'il attendait (elle n'avait cure de cela, voulant donner beaucoup plus), mais à ce qu'elle-même attendait d'une fille amoureuse. Certes, il fallait réfléchir, mettre le temps à profit. Il n'y avait pas trop de toute la nuit pour préparer l'événement, et l'ordonner comme une noce royale (en d'autres termes : comme un ballet mécanique).

Outre la grande chaleur, le matelas mince et les bosses du lit aidaient à la tenir éveillée, ce dont elle se félicitait. Plusieurs questions se posaient à elle. Celle du vêtement était plus pressante que les autres. Oui. Quel vêtement convenait-il de mettre en une circonstance telle que le don de soi-même à un jeune homme presque inconnu, sur des sables déserts? Il n'était pas possible d'aller à sa rencontre toute nue, car ce n'est pas en effrontée qu'elle voulait paraître, et les carabiniers auraient pu la saisir au cours d'une ronde et lui faire violence.

Le noir lui semblait adapté au cérémonial de la soumission. Confondu avec les ténèbres, il lui servirait à passer inaperçue, si on la guettait par hasard, à l'heure du rendez-vous. Et puis il la vouait en quelque sorte aux puissances de la nuit, qu'un amant incarnait, elle le sentait vaguement dans le fond de son cœur, et il signifiait que faisant taire son jugement et sa volonté, tout esprit d'indépendance aboli, elle se remettait corps et âme au monde obscur.

Malgré certain dépit, elle écarta donc le short de toile rouge auquel elle avait songé d'abord, et elle choisit une jupe noire, assez longue, en soie fine, avec une blouse de la même couleur et d'un tissu pareil, qui était dépourvue de manches et qui avait une encolure étroite. Elle pensa qu'il aurait du plaisir à trouver ses épaules nues, quand il ouvrirait la blouse, et que des bretelles avaient un air de sottise et de laideur. Bien sûr, elle aurait pu se dispenser de soutien-gorge, car ses seins, sans manquer de poids, n'étaient pas tels qu'ils eussent besoin d'appui pour se tenir fièrement, mais à la réflexion elle se décida pour un soutien-gorge du soir, qui n'avait pas d'épaulettes et qui s'agrafait par-derrière, comme un petit corset, noir aussi. Elle avait hésité à le prendre dans ses bagages, doutant qu'il lui fût jamais utile en si pauvre pays, et maintenant elle se réjouissait de l'avoir, car il semblait fait exprès pour l'occasion et rien n'aurait pu être mieux séant sous le costume léger d'une jeune captive. Avec une connaissance parfaite de sa garde-robe, elle fouillait dans sa mémoire comme elle eût fait dans les valises posées à terre, pensant, pesant et rejetant les effets avec une attention si concentrée que sans bouger un doigt sous le drap elle croyait sentir le froissement des étoffes, la douceur lisse des cuirs.

Point de bijoux (malgré l'exemple des filles de Polynésie). Ni collier, ni bagues, ni boucles d'oreilles (tant pis si se voyaient les petits trous qu'elle avait dans les lobes pour porter des boucles anciennes). La règle d'humilité ne voulant aucune exception en matière de parure, le seul ornement tolérable était, peut-être, une fleur. Même le bracelet-montre resterait à la maison, sur l'étagère aux flambeaux, en face du lit. Puisqu'elle avait résolu d'aimer un homme et, fût-ce pour une seule nuit, de se remettre entre ses mains sans la plus minime restriction, il n'était pas admissible de conserver le libre usage du temps et le pouvoir de mesurer sur un cadran fixé au poignet les heures et les minutes engouffrées dans l'offrande et dans la servitude.

Quant à la mécanique de l'amour regardée sous le point de vue de son fonctionnement concret, ou, pour parler comme les gens vulgaires, sous celui du « solide », elle avait lu, pendant la dernière année de pension à Lausanne, Forberg, *Les Dialogues de Luisa Sigea* (en latin), *La Philosophie dans le Boudoir* et *Le Manuel des Confesseurs*, c'est-à-dire qu'elle n'était ignorante de rien dont son corps fût capable. Cependant elle s'était refusée toujours, de la façon la plus froide et la plus décourageante, au moindre baiser ou attouchement libertin de garçon ou de fille, choses dont, sans parler du reste, ses compagnes moins érudites ne se privaient nullement. Il lui suffisait de savoir, et maintenant elle se louait d'avoir appris et de s'être gardée, puisque eût-elle agi différemment le don n'aurait pas été si merveilleux qu'elle voulait faire à l'aimé. Disponible en tout, oui, elle le serait au moment de se rendre, et qu'elle fût intacte ajoutait du prix à telle disponibilité, mais il fallait encore la connaissance de toutes les possessions et de toutes les violences, de tous les excès praticables, pour que la soumission eût sa valeur entière et fût autre que celle d'une jeune idiote que l'on a séduite, ou d'une bête que l'on apprivoisa. Fiévreusement, elle cherchait à se rafraîchir la mémoire, souhaitait n'avoir rien oublié des pages lues en cachette, derrière un rempart de grammaires et de lexiques. Le soleil était déjà haut dans le ciel, et le volet, qui ne fermait pas très exactement, laissait dans la chambre entrer un large rayon de lumière, qu'elle n'avait pas fini de repasser sa leçon.

Plus tard, elle pensa que son savoir, si même il avait quelque faille, était certainement beaucoup plus étendu que l'expérience du jeune homme, et qu'elle se ferait honneur. Alors la tension de son esprit diminua, par le relâchement de l'inquiétude. Une grande fatigue survint. Le sommeil s'abattit sur elle comme une vague qui roule des paquets d'herbes marines, et elle perdit conscience, tandis qu'au-dehors des saluts, des appels et des rires témoignaient de la vie que le jour avait ramenée au village.

Elle aurait bien dormi, malgré cela, mais Juliette ne dormait plus depuis un long moment, car la femme du pêcheur s'affairait dans la chambre voisine, et la petite pleurait et tapageait. Après avoir mis de l'eau à bouillir sur un feu de charbon de bois, entre les chenets de l'âtre, Juliette dénoua le lien de la porte et repoussa le galet d'appui, entra. Elle poussa de hauts cris, secoua Vanina qui bâillait.

— Quelle odeur! dit-elle en montrant la corbeille de lis. Tu aurais pu mourir asphyxiée. Avec ton air d'être sérieuse et sage, tu es plus folle que toutes les filles de ma connaissance. Folle, oui, de garder un bouquet pareil dans ta chambre sans ouvrir la fenêtre. Ce n'est pas étonnant que tu puisses à peine te réveiller. N'as-tu pas mal à la tête? Viens prendre le thé, cela te fera du bien.

« Tiens, dit-elle encore, tu couches toute nue maintenant. Moi aussi, tu sais... Avec cette chaleur, on est mieux, et j'aurais même supprimé le drap, s'il n'y avait pas eu tant de mouches. »

Vanina n'avait pas mal à la tête, mais elle sentait quelque faim, et elle avait toujours envie de thé quand on lui en proposait. Laissant que l'autre ouvrît le volet, elle sortit du lit paresseusement; elle mit une robe de chambre à capuchon, qui était devenue légendaire à Lausanne, et que ses amies de pension appelaient la robe de la papesse Jeanne parce qu'elle était toute de soie blanche avec de longues broderies dorées, qui représentaient des oiseaux et des fleurs, et une ceinture violette. Ses cheveux en désordre et ses pieds nus, ses yeux qu'une nuit de veille avait agrandis, comme si elle avait pris de la drogue, lui donnaient une étrange beauté qui était un peu déplacée dans le jour. Juliette n'était pas aveugle au point de n'en rien voir; elle pensa, sans le dire, que sa belle amie avait l'air d'être « tombée de la lune », mais elle attribuait cela au poison des lis, car elle était très loin d'imaginer le pays cruel dont Vanina retombait maintenant, et d'où elle reviendrait péniblement, après y être allée dans la réalité, cette fois, à l'aube du lendemain.

Dans la chambre de Juliette, elles mangèrent des rôties de pain noir qu'elles trempaient dans du miel. Le thé avait un fort goût de fumée, qu'elles affectaient de trouver « chinois », en riant, mais qui était presque insupportable.

Juliette alluma la première cigarette de la journée. Vanina lui tendit un coquillage (de l'espèce « Vénus »), qui servait de cendrier, pour qu'elle ne brûlât pas le drap, et s'assit devant la fenêtre. Un scrupule lui était venu, ou plutôt retournait la crainte qu'elle avait eue pendant la nuit, celle de se montrer maladroite, ou ridicule, faute d'expérience, quand le jeune homme la saisirait, de se conduire gauchement et de le regretter plus tard, quand elle connaîtrait mieux qu'en théorie le métier d'amoureuse. Elle eut une idée, qu'elle écarta d'abord, puis qui lui sembla bonne à la réflexion. Quand la cigarette fut finie, elle pria Juliette de venir dans sa chambre, qui était la plus retirée, parce qu'elle lui voulait dire quelque chose en secret, sans être entendue d'Angela ou de la petite fille.

Là, elle tendit la ficelle qui tenait lieu de verrou et la noua soigneusement, remit le galet en place, referma le volet. Juliette, assise sur le lit en désordre, se moquait d'elle et lui demandait si elle avait l'intention de les faire étouffer toutes deux, si c'était le « secret » promis. Ses mules étaient tombées de ses pieds, et son peignoir, dont la ceinture était perdue, bâillait un peu. Elle fut bien étonnée quand Vanina vint à côté d'elle et lui mit un bras autour du cou, et la somma, mais avec le plus grand sérieux du monde, de lui enseigner immédiatement tout ce qu'en fait de baiser sur la bouche elle avait appris des garçons ou des filles. Elle commença par protester, voulut se moquer encore. Aucun succès. Il fallut obéir, et en passer par les exigences de Vanina. Ce ne fut pas une révélation pour celle-ci, qui ne pensait, à la vérité, qu'à tirer le meilleur profit d'une leçon de travaux pratiques, mais Juliette, laquelle au premier moment avait pris la chose comme une plaisanterie, fut troublée, et ne dissimula pas longtemps son émoi, ni le plaisir qu'elle ressentait. Quand elle fit un gémissement assez aigu, « je donne du plaisir », pensa l'autre, et elle ne fut pas très contente d'avoir procuré à Juliette ce qu'elle n'aurait voulu donner qu'au jeune homme. Cependant elle était flattée, comme si elle avait été reçue à un examen de capacité devant un jury difficile, et son inquiétude avait disparu, puisqu'il s'avérait qu'elle ne manquait nullement d'adresse. Seul, le gémissement l'avait choquée. Elle se promit de ne pas imiter Juliette en cela, de retenir son souffle au besoin, et d'observer la règle du silence, ainsi qu'elle y avait été habituée, toute petite, par les nonnes, quand elle serait mise à l'épreuve.

L'une pour mieux se renseigner, l'autre parce qu'elle n'avait jamais assez de ce qu'elle trouvait bon, elles prolongèrent le jeu (ou l'étude). Le temps passait, elles n'y prenaient garde. On alla se baigner, ce jour-là, beaucoup plus tard que de coutume.

Quand elles étaient sorties, Angela, qui surveillait sa fille au-dehors, leur avait dit que s'était levé le vent d'est, que la mer serait agitée, et qu'elles feraient mieux d'aller se promener sous les pins. Les barques étaient parties dans la nuit, par temps calme encore, pour chercher les nasses posées la veille, mais il n'y aurait sûrement pas de langoustes et les nasses risquaient de se perdre. De surcroît, le vent rendait la petite nerveuse; elle criait, rageait, lançait des cailloux contre le « souriceau » de Vanina. Il aurait fallu des bonbons pour la faire tenir tranquille. Bien. On avait acheté des bonbons acidulés pour la sauvegarde du « souriceau », puis on était descendu sur la plage. Un peu de vent soufflait, à la vérité, qui venait du large, et des vagues, qui n'étaient pas fort terrifiantes, poussaient des bouchons d'herbes sur le sable, mais il n'y avait rien là d'assez méchant pour expliquer la prudence des baigneurs, et que la plupart fussent absents, de ceux qui chaque jour allaient au soleil et à l'eau. Les gens de la montagne avaient décampé, sans doute à l'aube, et l'on ne voyait que des ordures et des traces de roues à l'endroit où ils avaient vécu dans leur chariot. Quelques enfants couraient derrière une grande fille en chemise mouillée. Un vieil homme marchait solitairement en direction des pêcheries, qui ramassait des épaves, des morceaux de liège, au bout d'un bâton ferré, et les jetait dans un sac qu'il avait sur le dos.

Le beau garçon, évidemment, manquait au tableau. Vanina, quand elle eut d'un regard vif exploré jusqu'au lointain, fut soulagée de voir que rien ne se trouvait sur le sable qui pût faire penser à la silhouette familière. Rien dans l'eau non plus qui lui ressemblât. Elle aurait été bien déçue qu'il n'eût pas compris que son devoir était de ne point reparaître devant elle avant la nuit.

Elles se baignèrent. L'eau n'était pas froide, cependant elles ne s'éloignèrent pas autant que les autres jours. De petits nuages, qui passaient devant le soleil, le cachaient par instants, et alors elles se sentaient moins fortes et moins courageuses. Les vagues les souffletaient sans trêve, rendant la respiration peu facile. Revenues, bientôt, sur la plage, Vanina voulut initier Juliette au jeu des cicindèles, mais le vent gênait probablement ces insectes au vol court, ou il les avait rabattus vers les dunes, car les petits carnassiers, tout comme les moucherons, leurs proies habituelles, étaient absents. En revanche, il y avait abondance de puces de mer, auprès des herbes échouées.

— Le temps va changer, dit Juliette.

C'étaient les premiers mots, ou quasiment,

qu'elle prononçait depuis le bain. Elle se penchait vers le visage de son amie, étendue sur le dos, et sa voix avait une molle intonation qui n'était pas l'ordinaire et qui laissait entendre qu'elle avait été sur le point de dire autre chose. Si elle avait dans la tête certaine idée de « changement », il ne s'agissait pas de brise, de bonace, de temps sec ou de pluie, pour sûr.

— Oh! dit Vanina, je ne crois pas. Le vent va nettoyer le ciel, et il fera beau cette nuit.

L'accent, chez elle aussi, manquait un peu de franchise, le motif dominant de sa phrase étant « cette nuit », autour de quoi les mots s'étaient organisés sans qu'elle donnât trop d'importance à leur combinaison. On pourrait remarquer que chez l'une et chez l'autre, sans qu'elles se fussent concertées aucunement, le mot capital (ou crucial) avait été le dernier. Eurent-elles quelque soupçon de cela, et de leur méfiance réciproque? Elles se regardèrent les yeux dans les yeux. Pareil dialogue se fût prolongé malaisément, dans la réserve et dans le décousu. Juliette prit le parti de se jeter sur le sable à côté de Vanina, la tête posée sur le coin du peignoir qui n'était pas occupé. Cheveux mêlés, muettes, elles s'abandonnèrent au soleil toutes deux, quoiqu'il ne brûlât que par intermittence et que des ombres vinssent assez souvent les tirer de leur engourdissement.

Elles regagnèrent le village avec un retard inhabituel. Le restaurant était presque vide, quand elles s'assirent pour déjeuner, le garçon avait disparu, et elles durent faire du bruit pour obtenir un reste de langouste. Le pain, le raisin muscat (lavé ou non, tant pis), le vin fort aidant, elles se trouvèrent avoir mangé, mais elles n'eurent pas de café, car la chaudière n'était plus sous pression. Rentrées à la maison, elles allèrent dans leurs chambres. Vanina tomba sur son lit tout habillée (légèrement, c'est vrai) et dormit, car elle avait du sommeil à rattraper, jusqu'au soir.

Juliette avait appelé son amie, après une longue sieste, plusieurs fois. N'ayant obtenu de la dormeuse aucun signe de vie, et ne voulant forcer la clôture de la chambre, où, plus qu'absence ou sommeil, elle craignait de trouver mauvais accueil, elle avait rejoint Angela qui tricotait devant la maison, tandis que la petite, avec des gamines, se roulait dans la poussière et bataillait pour un vieux fer de mule. Bientôt il y eut un cercle de chaises à côté des leurs, cercle de vieilles et de jeunes femmes, les mères, les épouses, les filles des pêcheurs, qui posaient à l'étrangère des questions sur son pays. Comme Juliette comprenait mal ce qu'on lui disait, elle répondait de travers; chose qui, d'ailleurs, était sans importance, puisqu'on ne la comprenait pas davantage. Pour se désennuyer, elle gorgeait la petite, comme une poule à l'engrais, de ces bonbons dont la fillette était tellement avide que deux sacs, envoyés d'urgence à remplir, ne la purent rassasier, et qu'il y avait menace d'une crise de nerfs chaque fois que les autres avaient quelque part à la distribution. Vanina n'était-elle pas revenue (si elle était allée en promenade), réveillée (si elle avait dormi), ou rassérénée (dans la troisième hypothèse) ? Juliette l'appelait de nouveau, pour voir, de temps en temps, sans trop hausser la voix car elle soupçonnait un caprice.

Le fait est que la jeune fille entendait bien, mais elle n'avait aucun désir de paraître avant que ce fût l'heure de dîner, et elle restait étendue dans la chambre à demi obscure. Une rêverie lui donnait spectacle (ou la subjuguait), à l'origine de laquelle était un rayon de lumière, qui, sorti d'une fissure dans le volet, au moment où le soleil se rapprochait de l'horizon, avait posé devant elle une tache rouge, pourpre plutôt à cause de l'enduit bleu dont le mur était revêtu. Avant de se dissiper, la tache avait grossi, pris la forme curieusement nette d'une patte féline surmontée d'un mufle et d'une crinière de lion, et à partir de là Vanina avait imaginé un grand lion rouge qui se fût rencontré dans les dunes, sur le sable un peu violet à l'heure crépusculaire. C'était ainsi : il posait sa griffe sur le ventre d'une fille nue pour la marquer, semblait-il, de son sceau, après quoi elle passait dans un repli du terrain, au second plan, tandis qu'une autre lui succédait qui s'allongeait sur le sable avec une sorte de bonheur, et une autre attendait derrière celle-là pour prendre sa place quand il serait fait, et d'autres encore, et sur le bord de la mer il y avait une file de ces créatures qui s'allait perdre au plus loin que pût atteindre un œil perçant. Toutes avaient les mains liées derrière le dos, d'un bon nœud serré bien, et cependant, la gorge doucement balancée, elles marchaient vers la bête avec une allure triomphale. Leur chevelure, leur poil avaient été rasés complètement; elles n'avaient plus de sourcils, plus de cils, ce qui, de quelque façon que Vanina n'aurait su clairement expliquer, les apparentait à l'astre de la nuit et les affrontait à celui du jour. « Prendre rang parmi les femmes scellées par le soleil, pensait Vanina, c'est le rôle des vierges, suivantes de la lune. Ce sera le mien, cette nuit même. Ma soumission serait peut-être mise en évidence si je rasais mes cheveux et mon poil, mais je n'en ferai rien, à la réflexion, car il y aurait tromperie à ne me livrer pas à l'homme telle que je me suis montrée hier à lui, et je crois que je lui offrirais moins de plaisir si je lui présentais mon ventre rasé en amande, ma tête rase comme celle d'un jeune forçat. » L'homme, le proche amant, à de certains tournants de sa rêverie se confondait avec le lion, se substituait à la bête rouge. Puis le lion reprenait le dessus. Il était prodigieusement velu (revanche sur le rasoir?), lui, et sa crinière avait un bizarre éclat, un peu chimique, eût-on dit, qui brûlait sans flamme et sans fumée devant les corps très blancs des filles.

A la rêverie se mêlait un souvenir d'enfance, celui d'un paysan de crin roux, qui était chevelu, barbu et moustachu avec une vigueur désordonnée dont le fauve (imaginaire) avait sans doute hérité quelque chose. Ce paysan, lequel se nommait Giacomo, avait été fromager dans une ferme des comtes Mari, quelque part entre Lodi et Bergame. Une grande amitié, mais non pas tellement innocente, s'était faite entre Vanina et lui, pendant un été qu'avait passé celle-là dans la villa contiguë à la ferme, alors qu'elle avait presque huit ans. Quand elle avait trompé la surveillance (point stricte, car la guerre, à son début pourtant, nuisait au zèle) de sa gouvernante, la petite fille courait à la fromagerie où Giacomo régnait en solitaire, feignant d'avoir l'esprit dérangé pour éviter d'être soldat, mauvais avec les vieux et les adultes, insolent avec le régisseur, grognon avec le comte Marino et son frère, qui le ménageaient pour qu'il restât chez eux, car cet homme bourru savait le fromage comme on sait rarement le grec ou le latin aux universités, le violon aux conservatoires.

Nul ne serait venu la chercher dans l'ancien bâtiment (remise de carrosses, jadis) un peu obscur, et Giacomo la prenait sous les bras, il la plaçait devant lui, sur une échelle entre beaucoup d'autres, pour lui faire goûter le fromage frais qui débordait de formes épaisses comme des roues de chariot, rangées sur dix à douze étages de planches massives, contre le mur du fond. La grosse main de Giacomo plongeait dans un seau, tandis que s'empiffrait Vanina, et il lui frottait les jambes, puis les cuisses, d'un mélange de fromage crémeux et de petit lait. Bientôt il la déchaussait, il la déculottait, et sa main sous la robe (large et légère, à cause de la chaleur) oignait le corps entier jusqu'au menton. C'était, disait-il, pour qu'elle eût partout la peau lisse, quand elle serait grande, et il assurait que les « comtesses » avaient usé de la recette depuis plus de cent ans, et qu'elles s'en étaient bien trouvées. Parfois aussi, quand il l'avait mise assez haut, il lui léchait les pieds, il léchait ses cuisses, son ventre, mordait un peu, en renâclant comme un cheval, en jurant qu'elle avait bon goût et qu'il allait la manger jusqu'aux os. Vanina riait, tandis qu'il la maintenait sur l'échelle et qu'elle sentait sa barbe dure. « Lion, lui disait-elle alors (elle se le rappelait fort bien), tu ne me mangeras pas. Lâche-moi tout de suite, lâche-moi, ou j'appelle les chasseurs, et ils viendront avec des fusils pour te tuer. » Mais personne ne venait, et elle avait beau se débattre, il ne la lâchait pas de sitôt.

La fille du régisseur, certaine Medea, qui avait dix ans et montrait davantage, allait aussi dans la fromagerie, en ce temps-là. Elle avait raconté à Vanina que Giacomo l'obligeait à frotter de lait tout son corps d'homme, pour avoir la peau douce également. Ce n'était, à la vérité, qu'une fille d'intendant, et Giacomo savait le monde non moins que le fromage. Jamais il n'osa demander pareil service à la *contessina*. Comme il va de soi, les deux filles gardaient un silence absolu sur leurs rapports avec le fromager, elles ne se confiaient que l'une à l'autre, fières d'avoir un secret en commun, et les grandes personnes furent toujours ignorantes de ce qui se passait dans la remise.

Sur le souvenir de Giacomo, quand il s'effaçait, Vanina laissait que reparût le lion rouge, dont elle savait que l'image était inséparable de ce qui allait s'offrir à elle (merveille et meurtrissure) dans un délai de quelques heures. Ainsi le passé lointain préparait la voie au proche avenir. Cependant que vagabondait son esprit avec une agitation presque frénétique, elle demeurait immobile, se forçait au calme, et elle ne touchait ni ne caressait son corps (à la différence de ce qu'elle faisait habituellement dans l'état de rêverie) comme si déjà il avait cessé de lui appartenir.

Le temps s'écoulait. Il fut tard. La nuit était venue, dehors, et Juliette s'était lassée d'appeler. Vanina sauta du lit, elle alluma les deux bougies sur l'étagère, deux autres (trois dans la chambre eussent porté malheur) près de la cuvette. Elle se mit nue et elle lava ses pieds de nouveau (prenant de leur propreté un soin maniaque), elle lava ses mains, son visage, et elle essuya très longuement son corps avec une serviette neuve, sans le laver pourtant, car dans cet abandon auquel elle avait consenti par avance il ne lui déplaisait pas d'être un peu salée, et elle pensait que cela plairait au jeune homme. Nue encore (car se vêtir, cette fois, il lui semblait que ce fût la toilette ultime, comme avant une exécution, et elle voulait la retarder jusqu'à la dernière minute), elle brossa et peigna longuement ses cheveux pour qu'ils fussent bien exempts de sable, flous et légers sur ses épaules autant ou plus que le soir où elle s'était montrée. Enfin, elle s'habilla, sans varier dans ce qu'elle avait décidé la nuit précédente. Simplement, et par un effet du hasard, la valise ouverte lui présenta une petite culotte en nylon rouge, un peu violet, qui avait le brillant éclat d'un pétale de pivoine. Une « frivolité » de fabrication américaine, achetée en Suisse et dont elle ne s'était jamais servie. Elle la mit, car la couleur était impérative, ne prit point de bas et chaussa des souliers de velours rouge, à talons plats comme aux pantoufles.

Dans la chambre voisine, Juliette lisait un journal vieux de huit jours. Une seule bougie l'éclairait, ses yeux peinaient à distinguer les caractères fins, et le langage ne lui était pas beaucoup plus intelligible que dans la conversation des femmes de Sainte-Lucie. Elle était en train de penser qu'elle ferait aussi bien de tenir le journal à l'envers.

— Décidément, dit-elle à Vanina, je crois que je n'apprendrai jamais l'italien... C'est pour danser que tu t'es faite aussi belle? Les garçons n'auront d'yeux que pour toi. Attends-moi, s'il te plaît, je suis vraiment trop sale, je vais me changer pour que nous n'ayons pas l'air de jouer la princesse et la mendiante. Mais explique-moi pourquoi tu mets de la soie sur ton corps et pourquoi tu ne mets rien sur ton visage. Tu as de la poudre, des fards; je t'en ai vu, souvent. Veux-tu mon rouge à lèvres, si cela t'ennuie de retourner prendre le tien?

Non, Vanina ne voulait poudre ni rouge. Elle le dit brièvement, sans expliquer (ce n'eût été possible) qu'il lui fallait garder son visage découvert, et que si elle l'avait fardé la veille encore pour être sous le regard de l'homme comme une chose exposée aux lumières, immobile, morte, intouchable et lointaine, elle ne tolérait point de masque, aucune espèce de parure défensive, à l'heure où elle allait se remettre dans les mains du même homme comme un objet promis à tous les attouchements et à toutes les violences. Juliette hésitait entre des jupes. Puis, en un clin d'œil, elle enfila un sweater de laine angora, sous lequel elle n'avait rien que la peau, et un pantalon souple, qui étaient l'un roux, l'autre beige, et qui convenaient à son teint. Elle peignit largement sa bouche d'un orange assez vif, se poudra clair, secoua ses cheveux courts.

— Voilà, dit-elle. Je suis prête. Tant pis si la laine gratte sur mes coups de soleil, tant pis si je laisse du poil sur les danseurs. Mais dis-moi : qu'est-ce que tu penses de moi en garçon ?

Par là, elle voulait lui rappeler ce qui s'était passé le matin, quand Vanina l'avait emmenée dans sa chambre, et la troubler peut-être. Sans résultat, car l'autre avait déjà oublié l'expérience; elle répondit avec distraction que c'était très bien ainsi, et qu'on allait dîner.

Le vent était tombé, l'air était plus chaud qu'à midi. Il y avait foule, autour du restaurant, comme devant une ménagerie pour voir manger les bêtes, et les jeunes filles durent bousculer des vieux et des enfants, écarter des hommes, pour se frayer un passage. Juliette, en telles occasions, faisait merveille. Elle avait cette brutalité facile et dénuée de méchanceté qui n'est pas exceptionnelle chez les peuples du Nord (les contrôleurs d'autobus, en Suisse, vous prennent par le bras pour vous « ranger » où il est bon que vous soyez), tandis que Vanina peinait beaucoup à porter la main sur un de ses semblables, à moins d'être en colère. Après leur avoir distribué quelques malédictions cependant qu'elles passaient, l'entourage leur envoya des compliments, qui n'avaient rien de modeste, quand elles furent sur la terrasse; car les deux « étrangères » étaient les vedettes du spectacle, et leur habillement allait au-delà de tout ce qu'avaient songé les voyeurs.

Pour le menu, c'était à l'accoutumée : divers poissons, des calamars, de la langouste. Le car avait apporté des moules d'Olbia, mais il n'avait pas apporté de viande, il en porterait le lendemain, sans doute. Sauf les pâtes et le riz, les tomates et les aubergines, le raisin, sauf un lièvre de braconnage, servi mystérieusement pour que le sergent des carabiniers ne vît pas la fraude, elles n'avaient rien mangé, depuis leur installation à Sainte-Lucie, qui ne fût poisson, mollusque ou crustacé. Vanina se prit à penser qu'il y avait quelque chose de malsain, ou de vénéneux même, dans la persistance de ces nourritures marines, et qu'elles se trouveraient physiquement et spirituellement empoisonnées, si elles ne l'étaient déjà, d'avoir absorbé tant de phosphore, tant d'iode et tant de sel à chacun de leurs repas. Il n'y aurait pas plus de viande le lendemain que tous les autres jours, c'était évident. Que lui importait, d'ailleurs, ce qu'on lui porterait le lendemain, puisque la première fin à laquelle elle était destinée, et qui était l'amour, allait se rencontrer cette nuit! Le lendemain était plus loin que Lausanne ou que la Chine. Il n'y aurait peut-être pas de lendemain. Mais, tout de suite, elle aurait voulu de la viande saignante.

Elle mangea peu, elle but encore moins de vin qu'à son ordinaire, elle prit encore plus de café. Juliette parlait, et Vanina trouvait agréable de la laisser discourir; elle approuvait par-ci, par-là pour que l'autre se crût écoutée, mais elle n'entendait que du bruit. Le joueur d'accordéon était venu, il avait commencé par un tango napolitain; deux hommes (des « continentaux », assurément) chantaient et leurs voix luttaient avec l'instrument; le garçon poussait les tables pour faire de la place, renversant des bouteilles; un couple dansait déjà.

Bien vite, il y en eut d'autres, sur un espace étroit, et une fille du lieu se prodiguait, qui était assez grande et belle avec son chandail de marin, son pantalon bleu sombre et ses petites galoches vernies, qu'elle perdait aux changements de pas, montrant des pieds solides. Elle avait des cheveux aussi courts que ceux d'un garçon et très noirs, des yeux noirs, la peau brûlée, un air sarrasin qui s'accordait à son effronterie. Les hommes la recherchaient, et elle regardait superbement les femmes en passant embrassée.

Son triomphe cessa, ou du moins il fut partagé, lorsque Juliette, après avoir dîné voracement, et bu le reste du vin par-dessus le café, eut accepté l'invitation d'un danseur, car à partir de là les hommes rivalisèrent auprès de la seconde, et elle ne manqua pas une danse. La Suissesse étant un peu plus grande que la fille de Sainte-Lucie (qui n'avait pas de talons hauts), elles étaient, ensemble, beaucoup plus grandes que les autres femmes qui dansaient, et elles étaient toutes seules, comme si elles se fussent consultées préalablement, à porter des pantalons et des chandails de masculine allure. Dans leurs évolutions entre les tables, aux bras d'hommes assez petits la plupart du temps, elles faisaient penser à deux pièces nobles jetées à la bataille parmi les pions d'un échiquier vertigineux. Deux tours, la noire et la blanche, qui, littéralement, dominaient le bal. Quant à Vanina, suivant sa conduite habituelle, elle refusa de danser chaque fois qu'elle en fut priée, malgré l'insistance de plusieurs jeunes gens qui l'avaient remarquée sur la plage et qui eussent été fiers de paraître ses amis. Le sang battait à ses tempes par l'action du café qu'elle avait bu avec excès (elle en redemandait une tasse, parfois), et elle souriait en imaginant que c'était peut-être une infusion de ciguë, de belladone ou de jusquiame que le liquide amer dont le parfum montait d'un godet de porcelaine brûlante. L'eût-elle pensé vraiment, d'ailleurs, qu'elle n'aurait pas moins vidé la tasse. Juliette et la fille de Sainte-Lucie s'approchaient, s'éloignaient, voltigeaient sans qu'elle les quittât des yeux, étourdie mais fascinée. Elle reculait un peu sa chaise quand on la bousculait, sans mot dire. La volonté diminuait en elle, près d'être abolie, le seul point sur lequel elle ne faiblît aucunement étant de ne pas danser, de ne pas se laisser prendre dans les bras de l'un de ces petits hommes, puisque les bras de celui qu'elle avait choisi et qu'elle aimait allaient la prendre tout à l'heure.

Elle fut seule à table, sans ennui, quand Juliette eut trouvé qu'il valait mieux rester debout que se rasseoir et se relever continuellement. L'homme à l'accordéon fit la quête, joua une dernière fois pour remercier, puis s'en alla, et beaucoup de gens l'imitèrent. Mais des persévérants voulurent encore de la musique, exigèrent que l'on remît en circuit le haut-parleur. Il n'y eut plus que Juliette et la fille brune à représenter la féminine espèce, et cinq ou six hommes se les disputaient pour une valse et pour un tango, toujours les mêmes, que rabâchait l'appareil; puis la brune renonça, et son danseur ultime, un étranger au village, lui prit le bras pour partir avec elle en direction du bois de pins. Alors le haut-parleur se tut, définitivement. Juliette prit congé des jeunes gens et revint, demanda si Vanina ne lui en voulait pas un peu de l'avoir abandonnée. Non, elle n'y aurait pas songé, mais le garçon avait disparu, la chaudière était vide, il n'y avait plus de café depuis une heure au moins, tout le monde était allé dormir, et voilà qu'elles seraient les dernières à rentrer.

Il est vrai que l'on se couche tôt à Sainte-Lucie, pendant la semaine. Sur leur chemin (quelques pas), elles ne rencontrèrent personne, elles ne virent point de lumière derrière les volets. La poussière était blanche sous la lune. Elles se glissèrent dans la maison sans faire aucun bruit.

Après avoir traversé la première chambre dans le noir, pour ne pas réveiller les dormeurs, elles allumèrent les bougies dans la seconde, celle de Juliette. Vanina dit bonsoir à son amie, l'embrassa, mais quand l'autre, appesantie et molle, essaya d'entrer dans la troisième pièce avec elle, ce fut en vain, elle la repoussa, feignit de ne pas comprendre son intention (qui était de poursuivre au lit les « expériences » du matin), ferma la porte, assura la pierre et noua la ficelle. Que Juliette fût déçue, tant pis, elle coucherait seule. Un craquement du lit, puis le silence montrèrent que la grande fille s'était résignée vite.

Les lis de mer, dans la corbeille, quoiqu'ils n'eussent bu une seule goutte d'eau depuis qu'on les avait cueillis, n'étaient pas moins frais que la veille, et leur parfum n'était ni moins violent ni moins suave. Vanina prit un épi de ces fleurs et le piqua dans le col de sa blouse, après avoir rompu la tige. Elle regarda l'heure au bracelet-montre posé sur l'étagère. Il était temps. Laissant le volet entrouvert, comme elle avait fait pour gagner le bois de pins, elle sauta au bas de la fenêtre.

Dans le ciel, la lune était un peu moins haute, déjà, qu'au moment de la fin du bal, mais sa lumière était tellement vive que la nuit semblait s'être fantastiquement étendue, et Vanina, dans la solitude illuminée, se sentit minuscule comme on se sent en face du désert et comme si les bornes du monde avaient été jusqu'à l'infini repoussées. La montagne dansait devant ses yeux sans plus de stabilité qu'une vapeur, les pins, tout relief aboli, sauf la couleur sombre, se confondaient avec les champs et les vignes, les dunes avec les roseaux, et la mer était ferme comme une peau brillante durement tendue sur un tambour aux dimensions de l'univers. Quel bruit, si l'eût fait résonner un doigt à sa mesure! Une traînée de soufre balafrait pâlement ce cuir, qui était le reflet de l'astre dans l'eau paisible. Point de vent, pas même un souffle. « Rien, pensa la jeune fille, n'est indescriptible autant qu'une belle nuit. »

Elle marchait doucement, avec précaution (à la manière d'un chat casanier qui s'aventure dans l'herbe humide), passé la buvette et quelques pauvres maisons rangées en enfilade. Une autre, abri plutôt et le dernier bâtiment du village, se dressait un peu plus loin, sur un éperon médiocre, après la grève où dormaient les barques échouées. Le sentier descendait, puis remontait, semé de galets ronds et de cailloux aigus, de tessons, d'éclats de verre, de porcelaine et de poterie, de ferrailles rouillées et d'ordures; il bifurquait autour de la maison déshabitée, et Vanina prit le chemin le plus étroit, sur des rochers qui dominaient la mer, car la lune l'éclairait en plein, et elle pouvait voir où elle mettrait les pieds sans risquer de se blesser ni de se salir. Elle ne voulait accepter aucun risque, si petit qu'il fût, avant d'avoir atteint le terme qu'elle s'était proposé pour s'exposer aux plus grands risques et pour subir les plus grandes épreuves. Derrière le bâtiment, le sable de la dune se tassait contre les murs, bloquait la porte, sans que l'on eût rien essayé, semblait-il, pour l'empêcher de venir encore aux jours de vent. Ce lieu d'ombre et de replis était parmi les terrains préférés des gens de Sainte-Lucie, elle l'avait vu, quand ils allaient vider leurs entrailles, et les lis marins, probablement, ne se trouvaient pas mal de l'engrais renouvelé tous les soirs, car les blanches fleurs étaient exubérantes hors du sable où les feuilles étaient aux trois quarts enfouies.

Le chemin, ensuite, descendait de nouveau. La nuit redevint pure, hors de la zone ordurière. Quand Vanina fut sur la plage, qui sur plus de trois kilomètres étalait un sable lisse, elle s'arrêta un petit moment, respira avec force pour sentir la vie en elle avec l'air et le sang se mouvoir, et elle pensait ne s'être jamais trouvée aussi merveilleusement éveillée. Puis, car à l'improviste elle avait décidé d'aller pieds nus jusqu'à son amant, elle enleva ses jolis souliers de velours et les déposa près d'une souche qui faisait un bon point de repère, ensablée sauf un long dos rugueux et une sorte de crâne assez comparables à ceux d'un crocodile au repos.

D'être nu-pieds, elle éprouva un bouleversement qui la surprit, parce qu'elle ne s'attendait à rien de pareil, et qui n'était ni du plaisir ni de la douleur uniquement, mais une commotion profonde d'où pouvaient naître le meilleur et le pire. Elle pensa que la nudité sur son corps venait de poser la griffe; elle pensa qu'il devait y avoir deux catégories de nudité au moins (sans parler de celles qui sont propres à l'âme, et qui ne se pourraient énumérer), puisque l'une, et s'y rattachait évidemment l'état dans lequel il lui avait plu d'être exposée au regard du voyeur, était interdit en même temps que provocation, tout ainsi qu'une armure transparente portée à cru sur un jeune corps béant comme une rose, tandis que la seconde, amorcée maintenant par le fait de s'être déchaussée, était capitulation, dépouillement consenti, appel au geste agressif dirigé contre soi-même. Elle se retourna, après s'être de quelques pas éloignée, pour regarder encore le vieux tronc d'olivier ou de chêne écorcé par les vagues, blanchi par le sel, fendu par le chaud de midi et qui ouvrait une gueule hérissée de pointes comme des dents, formidable sous le clair de lune. C'est à ce monstrueux gardien qu'elle avait remis le premier morceau (la clé) de sa cuirasse, les autres pièces étant disjointes, prêtes à choir au moindre coup. La soie tenait à peine sur sa peau moite que l'air de la nuit tièdement caressait, le sable humide était blotti comme une bouche sous la plante de ses pieds. En quittant ses souliers, elle avait renoncé par avance à tout sursaut défensif de la dernière minute, à la liberté même de disposer de soi. Elle était livrée, poings liés déjà, selon le bizarre désir qui avait passé dans sa tête et que (plus bizarrement) elle avait formulé, au violent qui la guettait peut-être de loin et qui bientôt viendrait s'emparer d'elle.

Parfois, ce n'était pas le moins curieux, elle oubliait le visage de tel violent à qui elle s'était promise, et il lui semblait que c'était à la nature entière qu'elle se livrait en allant se remettre aux mains de celui que pourtant elle eût juré qu'elle « aimait » ; il lui semblait que dans cet embrassement prochain, auquel elle pensait avec crainte et ivresse, elle allait être confondue avec l'eau, le sable et le vent, connaître la brûlure du feu élémentaire par-delà son froid reflet tombé de la lune. Elle marchait sur le bord de la mer, exprès, pour goûter le contact humide, et elle était attentive à un petit bruit de langue, sous ses pas, quand elle avait enfoncé dans un sable plus mouillé qu'ailleurs.

Devant elle, à perte de vue, les paquets d'herbes roulés par la bourrasque de l'après-midi se suivaient au long du rivage comme des caractères tracés d'une encre obscure sur une banderole démesurée, et ils faisaient des combinaisons indéchiffrables, qui auraient pu être, aussi bien que lettres d'alphabets, les figures de l'amour balinais, tibétain, zuni, aux endroits où le courant les avait jetés avec plus d'abondance. Des lumières brillaient au large, puis s'éteignaient, qui étaient les phares de la baie d'Olbia, signalant divers écueils de ce clignotement électrique qui sert d'enseigne au plaisir dans les rues mal famées. A l'extrémité du golfe, la petite tour de la Caletta, parmi des pins et quelques maisons basses, avait la forme d'un gros cactus, surmonté d'un feu comme d'une fleur orangée, signal encore. Et la jeune fille, quand elle regardait en arrière, apercevait la haute tour carrée, couronnée de créneaux, qui marquait l'emplacement de Sainte-Lucie par son érection grandiose et rouge sous le bel éclairage lunaire. L'Italie, songeait-elle, la Sardaigne en particulier, est le pays des tours dressées sur des rochers en bordure de la mer, tours que l'on nomma sarrasines, par une confusion assez singulière avec le péril qu'elles avaient mission de combattre, comme si les anciens habitants de ces côtes avaient été plus ou moins consciemment sensibles à l'attrait de tel péril, et qu'ils se fussent émus, non pas seulement de peur, à l'idée qu'ils pouvaient être saisis par des pirates ravissants, puis traînés sur l'un de ces vaisseaux de course qui infestèrent la Méditerranée jusqu'au début du dernier siècle. Devenir une chose de luxe, être baignée, parfumée, polie, vendue sur les marchés de l'Orient, les femmes et les filles de Siniscola avaient dû mettre l'aventure en balance avec leur vie de laborieuse misère, parfois. Si elles avaient eu liberté de choisir, où donc eût penché leur préférence? Quelqu'une s'était peut-être enfuie, elle avait peut-être couru dans les dunes où allait maintenant Vanina, quand l'ordre avait été donné au peuple de gagner les tours et de s'y entasser horriblement pour attendre derrière des murs épais le rembarquement des corsaires.

D'ailleurs, les Barbaresques, amenés par le flot et la nuit, emportés par le vent au point du jour, n'étaient-ils pas ainsi que des forces de la nature faites hommes, incarnées sous le turban, armées de cimeterres, criant, riant, grimaçant à la manière de singes ivres ou de ces demi-dieux à pieds de bouc qui se rencontraient dans les campagnes antiques?

Tout en songeant, Vanina avait beaucoup cheminé. Elle marchait plus aisément que si elle avait gardé ses chaussures. Les dunes, à sa gauche, après un lent déclin, s'étaient effacées dans un gros sable coquilleux, et elles ne reprendraient qu'au-delà des pêcheries. La jeune fille traversa la plage (cet isthme); elle avait envie de suivre la rive de l'étang, où elle savait que ses pieds entreraient jusqu'à la cheville dans une vase lourde, à moins qu'elle ne voulût simplement divaguer et se donner une chance d'arriver trop tard au rendez-vous. De l'autre côté de l'eau, sous des arbres touffus qui pouvaient bien être des chênes, un troupeau dormait, bœufs ou vaches, à l'entour d'une bête plus grande et largement cornue qui était peut-être un taureau. Oui, ce devait être le taureau dont la femme du pêcheur avait averti Juliette et Vanina de se méfier, si elles passaient le marais où les enfants cherchaient des crabes.

Dans la journée, agacé par les mouches, il devenait méchant, selon l'avis des villageois; la nuit, certainement, il valait mieux ne pas le réveiller.

L'eau était très noire, mirant la lune ainsi que le feu d'une comète, avec des stries sanglantes comme au capuchon d'un bolet vénéneux, et elle répandait une pire odeur que pendant le jour. Sans parler du taureau (si c'en était un), elle n'engageait guère à la traversée. Gris semblaient les roseaux, qui sous le soleil avaient paru bruns ou jaunes avec des pousses vertes. Des chauves-souris, nombreuses, croisant leur vol à diverses hauteurs au-dessus du marais, gobaient les moucherons, des poissons sautaient en concurrence, puis retombaient dans leur élément sous une pluie de gouttelettes, et les grenouilles postées tout au long de la rive se rengorgeaient frénétiquement pour jeter vers le ciel des cris rauques et furieux, qui faisaient une sorte de chaîne sonore, raccourcie de plongeons à mesure qu'avançait Vanina.

Répétés sur deux notes, avec des variations infimes, dans un registre dont pour autant qu'on y soit habitué l'on s'étonnera toujours qu'il puisse être aussi bas, ces coassements approfondissaient encore l'espace comme si les avaient produits des lames de bronze, disposées par petits couples d'un bout de l'île à l'autre et battues de petits marteaux sur une cadence infatigable. Ils remplissaient la tête de Vanina presque douloureusement, l'empêchant d'être sensible aux maux de ses pieds, car la vase de l'étang était traîtresse en comparaison du sable, et elle recelait, outre les coquillages venus de la mer, des racines flottées aux bras noueux, des morceaux (de cœur) de bois, des charbons durs, des ossements, des arêtes et divers débris pointus qui n'étaient pas doux à la peau. « Le chant des grenouilles est grave, se disait la jeune fille. C'est la voix de la terre et de l'eau intimement unies dans les nuits de printemps ou dans celles de l'été; c'est la voix de la nature, amoureuse et sévère. » Elle avait entendu ce chant monter des eaux stagnantes, sous les remparts et les tours de briques des villes anciennement fortifiées, comme en un décor d'opéra, dans l'Italie du Nord, mais il fallait la solitude, la sauvagerie de la Sardaigne et le voisinage de la mer silencieuse pour lui donner l'autorité farouche avec laquelle il s'imposait.

Par l'effet du mot « grave », le visage du jeune homme qu'elle allait rejoindre bientôt (elle l'oubliait, se le rappelait, l'oubliait encore) lui revint en mémoire. Alors, heureuse de l'avoir retrouvé et s'efforçant de ne le perdre plus, elle l'évoqua, le tint devant ses yeux avec une tendresse qui était toute neuve à son cœur et dans laquelle elle se jugeait femme déjà, s'en félicitant. Elle pensait que sans nul doute, par sa gravité même, tel jeune homme, l'amant qu'elle avait choisi d'instinct à la première fois qu'elle l'avait vu, était partie de la grande nature vivante au même titre que les arbres ou que les roseaux qui semblaient bouger faiblement dans l'air tranquille; elle pensait, écoutant le martèlement rauque issu des gosiers de tant de grenouilles, que n'eût été son amour elle se fût sentie dans un désarroi triste au bruit de ce chant, devant le frémissement des tiges et des feuilles, en présence d'une certaine tension de la terre et de l'eau sous l'attraction lunaire qu'elle croyait percevoir aussi, et qui n'était pas la moindre raison de sa communion extasiée avec le monde nocturne.

Comme elle continuait d'avancer, la vase s'affermit, fit place au sable de nouveau. Elle allait au bord du petit canal où l'eau était presque immobile, quelque poisson mort, une plume, dérivant très lentement vers l'intérieur, car le flot ne montait plus qu'à peine, et elle repassa devant le confus assemblage de pieux et de planches qu'elles avaient vu la veille, piège (selon que l'avait défini Vanina) et instrument essentiel des pêcheries. Cette construction d'aspect ruineux, laquelle en plein jour n'était pas dénuée d'insolite, empruntait au déclin de la lune un caractère de méchanceté qui aurait pu faire peur, et qui tenait à des proportions faussées par le jeu de l'ombre et du reflet, à la couleur plus noire que de raison sur des bois jamais peints, fuligineux pourtant, à des perches comme des mâts d'étendards abolis pointant sinistrement vers les étoiles, à des formes d'échafaud, de pilori, ou d'appareil de funérailles. La jeune fille, si elle avait voulu en user comme d'un pont, aurait passé sans se mouiller sur l'autre rive (et probablement elle eût d'en haut contemplé un remous, le débat nacré des poissons captifs), or elle s'y refusa (en dépit de la curiosité), se détourna même pour ne pas approcher trop de la planche d'accès, marcha vers la mer.

Celle-là se trouvait à une distance de vingt-cinq pas, trente au maximum pour une jupe étroite ou des jambes courtes, gêne et défaut dont Vanina ne souffrait assurément point. Malgré l'immobilité de l'air, qui n'était pas moins privé de souffle, ni moins pesant, que dans la première moitié de la nuit (le cap sournois du milieu depuis plus d'une demi-heure étant passé), une légère agitation la soulevait près du rivage, causée peut-être par l'imminence de la marée haute, et de petites vagues léchaient régulièrement le sable comme si elles avaient surgi de sous l'eau et qu'elles eussent fait un long voyage sur les fonds herbeux après avoir pris naissance en de lointains abîmes. Elles remontaient l'embouchure du canal, s'amenuisant jusqu'à n'être plus du tout perceptibles avant d'avoir touché les pieux. On commençait à entendre cette respiration sans trop d'ampleur qui est le bruit des flots par temps calme.

Vanina mit les pieds dans la mer, et les lava, une fois encore, vérifiant qu'ils fussent parfaitement nettoyés des souillures dont les avait couverts la vase du marais. Elle les considérait avec un doux apitoiement qui l'étonnait elle-même, elle les aurait polis volontiers si son amour et son devoir lui en avaient laissé le loisir (et si la plage lui avait présenté des pierres ponces) ; son cœur battait un peu plus fort, et elle sentait sa gorge un peu serrée. Cependant elle savait fort bien que pour tous les trésors du monde (ou ce qui l'eût intéressée davantage : pour la plus grande surprise) elle ne retournerait pas en arrière où était la terre de sécurité, la zone de non-agression, comme selon un pacte d'armistice, et elle entra dans l'eau plus profondément sans prendre la peine de relever sa jupe, traversa le goulet en se mouillant plus haut que les genoux, mouillant ses mains en se baissant exprès, les portant sur soi, contente d'être mouillée. Des crabes se sauvèrent avec une allure d'araignées inquiètes, tandis qu'elle remontait sur le sable, de l'autre côté du canal.

Son regard à nouveau parcourut la longue plage que le phare de la Caletta terminait, aussi pâlement colorée dans le clair de lune que l'immense reflet étendu, comme une route à l'usage de ces êtres divins ou prodigieux dont il est rapporté par légendes qu'ils « marchèrent sur les flots », jusqu'à l'endroit où il semblait que l'astre satellite allait bientôt s'enfoncer dans la mer. Ici commençait la région périlleuse (si le beau pillard avait bien entendu le rendez-vous), et elle était déserte, à perte de vue. Les roseaux qui bordaient le marais intérieur y poussaient vigoureusement à quelques mètres des vagues sur le rivage marin, lequel, assez abrupt, raviné par les pluies, jonché de tiges mortes, semé d'épaves de toutes les grandeurs entre l'arbre avec son branchage entier, les caisses rompues, les vieilles planches, les morceaux de bois et les petits lièges à foison, ne livrait passage qu'en haut sur un sentier difficile, ou en bas sur le sable spongieux et dans l'eau remuante.

Vanina prit le chemin inférieur, car elle était trop mouillée pour ne pas se résigner à l'être davantage. Sa jupe, qui dans l'état normal descendait sous le genou, était tombée à la cheville; la soie trempée pesait, comme alourdie de plomb, elle adhérait à la peau comme le coton des chemises avec lesquelles se baignaient les plus pauvres filles du village, irrémédiablement gâtée par l'eau de mer; le dommage sensible à l'œil et aux doigts, tant de coûteuse étoffe perdue, introduisait un principe de destruction qui préludait à l'abandon du corps et qui n'allait pas sans une sorte d'ivresse exaltante et superbe. Outre cette ivresse, flambée de sacrifice, il y avait place en l'esprit pour de l'appréhension encore. Les roseaux, sur le versant de la crête sableuse, se choquaient sans raison apparente, puisque l'air était tout assoupi, et ils faisaient un bruit de bâtonnets que la jeune fille écoutait avec de la méfiance. Elle regardait les buissons de grandes cannes gris argent et se demandait si le ravisseur attendu, ou quelqu'un d'autre que celui-là, ne se trouvait caché dedans, si personne n'allait sortir d'entre deux touffes, s'avancer, porter les mains sur elle et la terrasser. Elle regardait en arrière également, pour s'assurer qu'on ne la suivait pas, car, avec l'idée nouvelle qu'il n'était pas absolument impossible qu'elle devînt la proie d'un inconnu rencontré par hasard, différent de l'amant choisi, il lui était venu la peur des carabiniers, dont elle savait qu'ils font souvent des rondes, escortés de chiens de police, la nuit, sur les rivages suspects de contrebande. Comment échapper au flair des terribles chiens, comment se soustraire à la galanterie de leurs maîtres, fastidieuse en plein jour et publiquement ? Plutôt que de se laisser prendre par un de ces hommes, dont elle détestait le vêtement, l'odeur militaire et l'accent grossier, elle aurait préféré que la barbe poussât sur son visage, comme à cette vierge ibérique qui fut miraculeusement préservée des païens qui s'apprêtaient à jouir d'elle contre son gré, et dont les anciens pèlerins croyaient reconnaître la figure sur l'image du saint suaire. L'humour persistant sous la crainte, elle se disait qu'un carabinier ne saurait en aucune façon être considéré comme une incarnation de la grande nature panique !

Après une petite pointe avancée dans le golfe, alluvion du canal peut-être, le terrain changea, ou plutôt, il retrouva son précédent aspect. Les roseaux s'étaient effacés selon le bord des eaux saumâtres, ils reculaient dans la plaine en suivant un contour arrondi, et des pins au fond s'alignaient. La plage n'était pas moins large, le sable était aussi uni, aussi fin, que vers Sainte-Lucie-de-Siniscola. Entre les pins et la mer, des dunes à nouveau se dressaient, plus hautes et plus étendues, semblait-il, que dans les environs du village ou près des pêcheries. Surtout, la solitude était plus accomplie, car d'avoir passé les deux obstacles du canal et de la zone resserrée, Vanina éprouvait que le contact était rompu totalement cette fois avec les maisons de Sainte-Lucie, et celles de la Caletta étaient trop distantes, le phare caché derrière les arbres, pour donner l'impression d'une présence humaine ou d'un voisinage habité. Nul bruit de vie que le chant des grenouilles au loin, tellement répété qu'il cessait de s'entendre dès qu'on n'y prêtait plus l'oreille. Les carabiniers, sauf missions spéciales, ne devaient jamais pousser en ce désert leurs explorations.

C'est alors, cependant qu'elle marchait d'un pas moins assuré (car elle était lasse d'avoir fait tant de chemin), et qu'elle se demandait si elle irait encore, ou si elle s'assiérait sur le sol pour rêver jusqu'au lever du jour, ou même si elle ne retournerait pas à la maison, qu'elle le vit paraître entre deux petits monts couronnés d'euphorbes et de lis. La lune presque à ras des flots, derrière le dos de Vanina, l'éclairait en face comme un projecteur de théâtre. Il était très beau, oui, elle ne s'était pas abusée dans ses premières impressions, et la réalité du visage détaché sur fond de nuit rejetait au rang d'ébauches mal venues tout ce que la jeune fille s'était efforcée de retrouver dans sa mémoire, luttant contre l'usure qui ne laisse parfaitement intact aucun objet de souvenir. Voilà donc celui qui allait être « l'amant », celui qu'elle aimait et qu'elle était allée chercher dans la solitude noire. Elle se sentit chanceler, non plus de fatigue, et la défaillance fut pire, ou meilleure, quand elle vit que, s'il n'avait pas de veste, en revanche une longue cravate rouge (de ce modèle en tricot, qui ne s'élargit pas vers le bas) pendait sur sa chemise aux manches retroussées.

Qu'elle ne l'eût pas entendu, comme l'autre après-midi, dans le bois de pins, s'approcher, il n'y avait rien de très extraordinaire à cela, car il l'attendait évidemment, il la guettait sans bouger depuis bien des minutes, embusqué derrière un repli du sable, et il s'était mis brusquement debout, comme une grande marionnette en pantalon deuil, quand il l'avait vue à sa portée dans le milieu de la plage. « Marionnette? » Le mot, s'il avait été provoqué par cet éclairage théâtral dans lequel était surgi le jeune homme, pouvait-il sans dérision s'appliquer au personnage aimé? Vanina n'eut pas le temps de réfléchir à ce détail, car ledit personnage était sorti de la scène idéale où elle le contemplait. Il l'avait jointe en quelques larges foulées de ses pieds chaussés d'espadrilles, et il l'avait saisie.

Ce n'était que par le bras, mais ce fut assez pour qu'elle se connût prisonnière, si longtemps y avait-il qu'elle imaginait ce geste et qu'elle évaluait le poids de cette main posée sur elle. « Tout commence », pensa-t-elle, et elle pensa que l'amour était double, sinon contradictoire, puisque son début matériellement aussi était pesanteur ajoutée non moins que dépouillement. Elle eut un souci encore, qui se rapportait à certain désir qu'elle lui avait exprimé au premier rendez-vous, et dont elle craignait qu'il ne se souvînt plus.

— Ne parle pas, dit-elle. Tais-toi.

Il sourit assez gentiment. La règle du silence ne devait pas le gêner.

Glissant au long du bras sans lâcher prise, il fit tourner devant lui la jeune fille, saisit l'autre poignet par-derrière, tira les deux bras à les tendre. Elle sentit qu'il effleurait d'un souffle sa nuque, aspirant plutôt, comme une bête qui flaire. Puis il lui fit achever son tour de danse et la lâcha, mais son regard pesait sur elle sans accorder la moindre liberté. Il dénoua lentement sa cravate et la retira, et Vanina l'admirait d'agir avec tant de calme.

Elle était fière d'aimer et elle était fière d'avoir si bien choisi son amant; elle était fière d'être venue pieds nus jusqu'à lui depuis le début de la plage; elle était fière d'éprouver qu'il lui liait maintenant les mains derrière le dos comme elle lui en avait donné l'ordre naguère, et elle était fière d'avoir eu l'initiative de ce commandement et de cette prise de liens à laquelle il n'aurait jamais pensé de son propre mouvement, car il fallait une femme certes, une vierge même, pour deviner que les bras tirés en arrière et les poignets liés sont le complément indispensable des pieds nus.

Quand il eut achevé, sans rudesse inutile mais en serrant bien les nœuds, il s'éloigna de deux ou trois pas pour examiner sa conquête. Vanina restait impassible et se prêtait à ses regards comme à des doigts déjà. Il n'était pas besoin d'être sorcière pour comprendre que le jeune homme était émerveillé qu'elle eût subi sans aucune apparence de révolte la première épreuve, et qu'elle fût venue se rendre à discrétion, se remettre captive, s'offrir aux entraves, comme elle avait annoncé, mais comme il n'osait espérer qu'elle ferait véritablement. Ce devait être pour lui grande et haute merveille de voir qu'elle n'avait nullement plaisanté (comme firent certaines femmes, peut-être) dans le bois de pins, et qu'elle allait tenir jusqu'aux extrémités sa promesse; mais soupçonnait-il à quel point c'était merveille plus haute et plus grande pour elle que de s'abandonner ainsi à l'amour et de vouloir n'être libre plus par fanatisme de la condition amoureuse? Se pouvait-il, d'ailleurs, qu'il eût même une idée de tel amour?

Voilà qu'il se rapprochait d'elle et la ressaisissait. D'une main, depuis l'épaule, il avait pris possession de l'aisselle proposée par la blouse sans manches; l'autre arrachait doucement celle-ci de sous la jupe pour arriver à la nudité de la taille. Ses doigts avaient défait le premier bouton du col, et le second, et la jeune fille le voyait penché qui humait de nouveau son odeur, et elle se réjouissait de cet acte dont il ne savait probablement pas, lui, que selon les règles d'une vieille magie orientale il donnait à l'opérateur un pouvoir redoutable sur la personne flairée. Elle sentit que, tout en maniant sa taille sous la blouse, il la poussait en avant, et elle se mit en marche avec docilité dans la direction voulue, sans risquer aucun geste qu'il n'eût imposé, sans se permettre d'appuyer, comme elle en aurait eu le désir, sa joue contre la sienne.

Ils passèrent entre les deux monticules où lui s'était tenu d'abord, descendirent dans un creux qui offrait une bonne cachette en effet, mais ce n'était pas là qu'il avait résolu de la conduire, car il ne cessait de la pousser pour qu'elle allât, et elle fut obligée de remonter (ce qui n'était pas facile, entravée de la sorte) l'autre pente. Le terrain, sous une croûte friable, s'effondrait à chaque pas. Il fallut gravir le versant d'une plus haute colline, marcher sur le sommet. Des chardons très épineux, si petits qu'elle peinait à les distinguer sur le sable de la même couleur, piquaient ses pieds souvent, et alors elle avait l'impression d'être mieux soumise et plus étroitement liée par le tourment de ces égratignures.

Après être redescendus, ils prirent le chemin d'un vallon courbe, qui aboutissait rapidement dans un espace un peu plus vaste, assez profond et de tous côtés enfermé par les dunes. Le sable y était lisse, plus fin que sur la plage même, dépourvu de chardons, de sedums, d'herbes et de brindilles, exempt de bêtes vives, net d'ordures ou de choses mortes, libre de toute empreinte, parfaitement vierge. Les dunes, à l'entour, portaient une abondante floraison de lis de mer, dont on aurait dit que le parfum en bas se fût concentré. Nul mot mieux que celui d' « arène » ne pourrait convenir à tel endroit, lequel avait forme de cirque, légèrement ovale à la vérité. En cette arène, donc, où le jeune homme avait amené la prisonnière, l'ombre des bords laissait une large place au clair de lune. C'est cette place qu'il lui montra de la main, attentif à ne rien dire, selon la loi, et il pesa sur elle et il la fit se coucher sur le sable.

Coururent les doigts prompts à ouvrir sa blouse malgré le raidissement des boutonnières mouillées, vifs à se glisser partout sous sa jupe, habiles, sans se fixer nulle part, à frôler ses chevilles, ses mollets arrondis, ses longues cuisses et ses hanches si prestement dénudées qu'elle ne savait quand ni comment avait disparu leur mince enveloppe de nylon rouge. Elle éprouvait, en somme, tout ce qu'elle avait désiré, cela même qu'elle avait demandé qu'on lui fît éprouver. Dans la satisfaction, une pensée vint à la traverse, qui était que la fête se déroulait avec quasiment trop d'exactitude, suivait trop parfaitement le programme à l'avance établi. La jeune fille voulut se rendre compte si son amant avait vraiment qualité d'agresseur, et s'il était plus fort qu'elle, comme il fallait qu'il fût pour être digne de son amour, ou s'il ne faisait qu'obéir à ses instructions de la veille, et dans ce cas il l'aurait déçue et elle se fût retirée d'entre ses bras.

— Non, dit-elle en serrant les dents, en se contractant comme un crabe tiré de l'eau. Ne me touche pas. Délie-moi. Laisse-moi partir.

Il ne fit que sourire à ce coup, comme pour montrer qu'il avait bien entendu, mais son regard était devenu si farouche, si dure l'expression de ses traits, que l'on voyait l'absurdité de prier, de promettre ou d'ordonner, puisque rien manifestement, sauf qu'on le tuât, ne l'eût empêché de poursuivre son entreprise.

Alors Vanina s'abandonna de corps et d'esprit au trouble bonheur de se sentir une créature faible, vaincue, saisie, liée, jetée à terre, maniée sans indulgence, forcée dans son intimité secrète, et elle pensait qu'elle était « en proie à l'amour » (comme il se dit), et elle imaginait des mufles doux et des arbres majestueux tous ensemble penchés sur elle pour la consommation d'un sacrifice inhumain et splendide. La lune baignait le sable et lui donnait une blancheur aveuglante au niveau des yeux de la jeune fille. Les lis de mer avaient une autre blancheur, nimbée de feu, sur le vert feuillage pointu qui brillait aussi, débordant la crête de la dune, et leur parfum roulait au fond de l'arène un flot plus puissant et plus lourd que jamais. Les seins de Vanina étaient offerts à la lune, levés avec magnificence et nus (car le pillard n'avait pas été lent à ouvrir, derrière le dos, les agrafes, et à rejeter la guêpière inutile) ; elle les voyait gonflés comme s'ils se fussent nourris de la sève des lis ou qu'ils eussent flotté dans le parfum de ceux-là comme dans un épais liquide, et elle se délectait à la révélation inattendue, non pas d'une ressemblance, mais d'une sorte d'analogie essentielle ou de parenté qu'il y avait entre eux et ces fleurs grasses et l'astre de la nuit.

Un hibou, qui ne devait pas être bien grand, plusieurs fois avait passé presque à ras de la dune. Il pourchassait les chauves-souris, qui fuyaient avec des crochets brusques et des plongeons dans l'air. La lumière à chaque instant diminuait.

Vanina se rappela (elle n'aurait su dire de quelles profondeurs cela sortait) un fragment d'une lettre de Mérimée, qui traitait d'une jolie fille rencontrée à Madrid. Cette jeune personne, à qui l'on avait demandé : « Cela vous fit-il mal ? », répondait férocement que : « Quand on aime un homme, l'aurait-il de fer brûlant, on ne sentirait point la douleur ! » Ensuite Vanina pensa qu'elle avait tort de mêler perpétuellement aux choses de la vie des souvenirs de culture, et qu'il serait bon de s'essayer à devenir, comme Juliette, une brute.

Mais elle ne cria pas quand elle sentit la brûlure du fer.

Après avoir subi son amant, quand il se fut dégagé d'elle, elle le regarda. La lune avait disparu derrière l'horizon marin, car les lis, flamboyants tout à l'heure sous les derniers rayons, s'étaient éteints comme des lampes, mais les étoiles brillaient avec une splendeur accrue, et elles distribuaient assez de clarté pour permettre d'y voir encore. Il la délia; ce chiffon qui avait été une blouse légère, repoussé sur les poignets, roulé en pelote, écrasé sous les reins, tordu par le mouvement de lutte, sali de sel humide, tomba. Joyeuse de se trouver nue complètement parmi le sable, elle se donna à lui avec une science qui provenait un peu de ses lectures, un peu de ce qu'elle venait d'apprendre sur le vif, davantage du beau corps grave qu'elle avait très attentivement regardé avant de se presser contre lui de nouveau. « Sans doute, l'homme doit être fort, mais surtout il doit être grave », pensait-elle.

Ils restèrent longtemps l'un dans l'autre. Le bruit doux des vagues, à quarante mètres de distance, berçait leur union comme la main d'un dieu bénévole, et des météores (c'était la saison qu'ils sont nombreux dans les nuits sans nuages) rayaient parfois le ciel d'un feu orangé.

Plus tard, il la reprit encore.

Les cheveux de Vanina étaient mêlés au sable comme des racines, une bouche, comme un poisson, frôlait ses cuisses, son ventre nu, un genou dur heurta son front. « Il n'y a rien d'aussi merveilleux que l'amour », pensait-elle dans la confusion de ses limites, naïvement bouleversée, comblée de grâces, remplie d'une présence tellement énorme et surhumaine qu'elle se sentait enfin, comme elle avait tant désiré d'y parvenir, « communiquer avec toute la nature ».

Une bonté infinie la jetait hors de soi. Elle eut besoin de parler, d'entendre, de gémir. Elle aurait voulu consoler.

— Je te connais, maintenant, dit-elle. Il faut s'aimer pour se connaître.

Puis, les mots portant des phrases et s'organisant, les souvenirs ouvrant des images épanouies comme des rameaux de corail dans un fond glauque :

— Je suis à toi, dit-elle, par droit de varech,

de la même façon que tout ce qui est abandonné sur le rivage appartient au seigneur de la terre. Tu es le seigneur de la terre, mon cher amant fabuleux et grave. Moi, mesquine, je suis balayure de la mer, épave, herbe flottée, goémon, algue rouge, écume; je suis une chose de peu et sanglante, rejetée sur le sable, sous les étoiles. Ce n'est pas de cette nuit, il faut que tu le saches, que je suis sanglante, ce n'est pas d'hier, non plus que d'avant-hier. Je vais te raconter une histoire que je ne dis pas souvent, sache-le bien. Mon père et ma mère ont été assassinés. J'aurais été assassinée avec eux si je m'étais trouvée là, comme j'aurais dû, et s'ils n'avaient pu m'envoyer en Suisse, dans la maison de ma nourrice, Lisbeth, pour me mettre à l'abri des bombardements. Sans doute, j'aurais dû être assassinée, et je suis un peu honteuse, le soir, quelquefois, de ne l'avoir été point, mais je m'en félicite en ce moment, car ainsi j'ai eu le bonheur de te rencontrer, d'aller vers toi pieds nus et d'éprouver en moi le déchirement de ta force tranquille. Oui, mon père et ma mère ont été assassinés. Je suis marquée par le sang, comme on dit dans ce pays. Ce fut à la fin de la guerre, dans leur villa près de Bergame, par une nuit aussi tiède, probablement, que celle-ci : des patriotes (comme on les appelait) se firent ouvrir la porte. On m'a dit que c'étaient de jeunes hommes sombrement vêtus, un foulard rouge autour du cou, avec de longs cheveux tombant sur les épaules par coquetterie ou par nécessité et pour témoigner de la vie sauvage qu'ils avaient dans la montagne. Certains étaient beaux, à ce que l'on prétend. Ils tuèrent d'abord le vieux serviteur qui les avait introduits dans la galerie des marbres, et puis ils emmenèrent mes parents au fond du jardin grillé, dans un endroit où j'allais jouer à la dame de l'ancien temps, quand j'étais petite, et où il y a un bassin de pierre rose entouré de bancs, de statues et de cyprès très hauts et noirs qui se tiennent droits sur le ciel clair. Ils questionnèrent mes parents, car ils auraient voulu de l'or, et ma mère leur donna tous les bijoux qu'elle avait sur elle, son alliance même, mais ce n'était pas assez, probablement (le plus précieux étant dans un coffre, à la banque), car ils la lièrent et la forcèrent sur le bord du bassin, devant mon père qu'ils avaient lié au pied d'une statue d'Hercule. Je me la rappelle bien. Elle n'était pas vieille, et je crois que je lui ressemble. Tu aurais pu l'aimer, si tu étais moins jeune. Ensuite, les patriotes les tuèrent l'un après l'autre, d'une balle dans la nuque, et l'eau du bassin fut rougie de sang. Ils avouèrent tout cela quand on les eut arrêtés, quelques années plus tard, et qu'on fit leur procès. Je pense qu'on les avait battus, selon l'usage, pour les faire parler, mais on ne les a pas tués, je me demande pourquoi. Quand j'y songe, je préfère savoir qu'ils ont été laissés en vie. L'un d'eux, peut-être, te ressemblait... Tu peux bien me tuer si tu veux, puisque déjà tu m'as liée et forcée, et que j'ai ce sang sur moi, mais je pense que tu n'en feras rien, puisque tu m'as déliée et que tu me regardes avec un air de compassion.

Il mit un baiser sur sa gorge. « M'aimera-t-il ? » se demanda-t-elle, car elle avait peu d'illusions sur la faculté des jeunes hommes à partager l'amour. Puis elle pensa encore : « Qu'il soit beau et grave, que je l'aime, voilà l'important. Il n'est pas absolument nécessaire qu'il m'aime, lui; il n'est pas non plus indispensable qu'il ait une âme, qu'il soit habité par une sorte d'oiseau de mer. »

Le silence étant revenu, comme elle n'avait plus envie de parler et qu'il continuait de se taire, ils s'amusèrent de leurs corps encore un long moment, mais à la manière des enfants curieux plutôt qu'avec la fougue et l'excès qu'ils avaient mis d'abord en leurs plaisirs. Explorant, ils s'admiraient. A la fin, elle le renvoya, qui insistait pour l'accompagner jusqu'à la maison du pêcheur.

— Non, dit-elle. Laisse-moi. J'aurais peut-être honte de me laver devant toi; et j'ai besoin de rester seule pour m'examiner et pour savoir combien je t'aime.

Un peu de sang avait séché sur ses cuisses, comme un point précieux de dentelle noire. Toute nue, tenant à la main les vêtements qu'elle avait ramassés après le départ de l'autre, elle marcha jusqu'au rivage où elle les posa, et elle entra dans la mer. L'eau n'était pas froide. Quelques oiseaux volaient bas, avec des cris qui annonçaient le jour : la nuit avait un début de transparence.

Elle nagea vers le large, laissant flotter ses cheveux à la traîne, et elle se vit seule sur la surface obscure et remuante, et elle sentit qu'elle arriverait plus vite que d'habitude au bout de ses forces. Elle fut tentée de mourir, mais elle eut peur des âmes, car les oiseaux criaient non loin de sa tête; le mot de « suicide », d'ailleurs, lui avait toujours paru laid, signifiant un acte qui révoltait son naturel, comme ceux de dérobade ou de trahison. Elle ne fut pas fâchée quand ses pieds trouvèrent le sable de nouveau.

Vint la première atteinte du froid. Vanina tordit ses cheveux, elle se sécha comme elle put, tant bien que mal, en frottant son corps avec la petite culotte, et elle pestait contre le nylon qui ne savait absorber l'eau. Ensuite elle jeta celle-là aux vagues, qui la gonflèrent, l'emmenèrent à la dérive ainsi qu'une grande fleur ou une méduse pourprée. Il ne fut pas facile de se rhabiller avec quelque décence, mais l'aspect lamentable de ses vêtements, un bouton arraché de la blouse, un accroc à la jupe, la flétrissure de la soie adhérant à la peau humide comblaient d'aise et de fierté la jeune fille. « On ne saurait nier, se disait-elle, que l'amour est passé sur moi. Pourquoi ai-je remis mon soutien-gorge ? Je serais bien rentrée en le tenant en l'air, comme un drapeau. Ah ! je voudrais que le monde entier pût me voir. »

Sans doute, mais de témoins notables il n'y avait que les oiseaux pêcheurs, qui ne valaient tout de même pas que l'on déployât pour eux l'étendard, que l'on mît en branle trabans et trompettes, et Vanina dut se résigner à prendre solitairement le chemin du retour. Ce fut avec plus de lenteur qu'à l'aller, quoique en plus droite ligne, car elle se sentait rompue de courbatures et elle sentait dans le bas de son ventre une douleur sournoise qui l'empêchait de marcher aussi rapidement qu'à son pas coutumier. Du fait de cette douleur, elle éprouvait un contentement, car elle y voyait la preuve qu'elle n'était pas la dupe d'un songe (tant de fois avait-elle rêvé de sang, et qu'elle allait toute seule au point de l'aube sur des plages interminables). Elle eût pu rêver la douleur aussi, dans le pire des cas, mais telle éventualité n'était guère acceptable, à cause de cette impression de présence souveraine qu'elle avait déjà connue et que le mal ravivait fortement. Il lui semblait qu'un peu de son amant s'était détaché, comme le dard laissé par le frelon dans la blessure, et qu'elle portait cela en elle-même, comme une relique. Elle se demanda s'il souffrait, lui, d'avoir perdu ce peu dont elle avait la sainte garde.

Elle traversa le canal des pêcheries; le courant y était violent si le reflux vidait l'étang dans la mer. Du plus loin, elle apercevait la tour de Sainte-Lucie détachée sur le ciel. Il faisait presque jour quand elle fut devant la souche qui marquait l'endroit de ses souliers, et elle les retrouva où elle les avait déposés, sous la gueule de crocodile (laquelle n'avait rien de méchant qu'au clair de lune). S'étant rechaussée, elle marcha d'un pas encore moins vif, mais plus ferme.

Les barques avaient pris la mer en son absence, avant le jour, comme d'habitude, et sur la grève il ne restait que les canots de promenade. Une femme s'y trouvait, seule, dressée sur sa longue jupe parmi des ancres, qui s'enferma dans un voile noir quand elle vit paraître l'étrangère, et qui la regarda sans saluer ni mot dire, avec une expression qui était plutôt de refus que de mépris ou d'étonnement. Vanina se dit ironiquement qu'elle reprenait contact avec le monde du travail, au sortir de celui de l'amour.

Sans avoir rencontré personne d'autre que cette figure de la sévérité, elle regagna sa chambre. Rien ne bougeait dans la maison.

Dormit-elle ? Non ; elle se remémora. Puis elle quitta son « habit d'amoureuse » et le mit en boule dans un coin de sa valise. Moins bizarrement vêtue, elle alla réveiller Juliette, l'obligea à se lever, à se vêtir aussi, à faire le thé et son bagage. On s'en allait, mais oui, tout de suite, avant que la chaleur du jour fût pesante ; il y avait bien autre chose à voir en Sardaigne que la plage de Sainte-Lucie, où l'on était resté trop longtemps déjà. Tout au plus, si elle voulait, Juliette avait permission d'être photographiée encore une fois devant la tour sarrasine.

Angela, quand elle eut entendu la nouvelle, poussa des lamentations, s'inquiéta si quelque chose avait déplu à ses pensionnaires (peut-être les cris de la petite fille, ou les blattes rongeuses, gourmandes de sucre et de soie artificielle), les supplia de remettre au moins leur départ à l'après-midi, pour que Francesco pût les saluer, leur offrir une langouste vivante au retour de la pêche. Juliette, facilement émue, était près de se lamenter également, mais Vanina fut inflexible. Elle paya (largement, car il fallait une prime de consolation), tira les bagages sur le seuil, chargea le souriceau. Le démarreur fit son office. Il n'était pas encore huit heures qu'elles roulaient, au sortir du village, sur une allée caillouteuse, entre des eucalyptus et des pins.

Dans la voiture, comme Vanina se taisait, Juliette, après avoir un peu grogné, s'endormit. Vanina conduisait avec une légèreté minutieuse qui devait tout à l'habitude et n'empruntait rien à l'esprit. Celui-là, disponible, s'exaltait. Tant et si bien que la jeune fille parvint à une sorte de pur vertige, et qu'elle arrêta un moment la voiture pour s'y mieux abandonner. Ce fut sur la route d'Orosei, dans le milieu d'une haute vallée (« andine », pensa-t-elle) où des monts cachaient la mer proche dont on entendait le bruit, où largement s'étendaient les terres broussailleuses. Avec une extrême avidité, comme si c'eût été son dernier regard, elle jeta les yeux sur les cimes grises déchirant le bleu violent du ciel, sur les lointains violets et roux, sur les grands blocs épars tachetés de lichen, sur les rochers tigrés, zébrés sauvagement. Elle contemplait le lit d'un torrent à sec et les veines de cailloux, les masses tombées au pied de la montagne, la poussière du sol, les arbres et les arbrisseaux épineux, les plantes menues, les herbes; elle suivait le vol des oiseaux et celui des insectes, elle écoutait des cris divers et des bourdonnements, et elle se sentait déborder d'une tendresse immense à laquelle tout cela confusément participait, tendresse qui était ainsi qu'un tourbillon, et qui avait pour centre sinon pour moteur, au fond d'elle-même, cette présence de son amant encore.

« Il est assez admirable, se dit-elle, que je n'aie pas eu la mauvaise idée de lui demander son nom. L'amour a-t-il besoin d'une étiquette ? »

Et elle remit la voiture en marche.

DU MÊME AUTEUR

Aux Éditions Gallimard

DANS LES ANNÉES SORDIDES (1949).

L'ÂGE DE CRAIE, *suivi de* HEDERA (1961).

LA MOTOCYCLETTE (1963).

ASTYANAX, *précédé de* LES INCONGRUITÉS MONUMENTALES *et suivi de* CARTOLINES ET DÉDICACES (1964).

LE POINT OÙ J'EN SUIS, *suivi de* DALILA EXALTÉE *et de* LA NUIT L'AMOUR (1964).

PORTE DÉVERGONDÉE (1965).

LA MARGE (1967).

L'ÂGE DE CRAIE, *suivi de* DANS LES ANNÉES SORDIDES *et de* HEDERA (coll. Poésie, 1967).

RUISSEAU DES SOLITUDES, *suivi de* JACINTHES *et de* CHAPEAU-GAGA (1968).

TROISIÈME BELVÉDÈRE (1971).

MASCARETS (1971).

LE CADRAN LUNAIRE (1972).

ISABELLA MORRA (1974).

LE DÉSORDRE DE LA MÉMOIRE (1975).

SOUS LA LAME (1976).

LA NUIT SÉCULAIRE (1979).

L'IVRE ŒIL, *suivi de* CROISEUR NOIR *et de* PASSAGE DE L'ÉGYPTIENNE (1979).

L'ANGLAIS DÉCRIT DANS LE CHÂTEAU FERMÉ (1979).

ARSÈNE ET CLÉOPÂTRE (1981).

UN SATURNE GAI (1982).

LE DEUIL DES ROSES (1983).

TOUT DISPARAÎTRA (1987).

Dans la collection L'Imaginaire

SOLEIL DES LOUPS (1979).

MARBRE OU LES MYSTÈRES D'ITALIE (1985).

Chez d'autres éditeurs

LE MUSÉE NOIR (Robert Laffont, 1946; Folio, 1974).

LES MASQUES DE LÉONOR FINI (La Parade, 1951).

SOLEIL DES LOUPS (Robert Laffont, 1951).

MARBRES (Robert Laffont, 1953).

LE LIS DE MER (Robert Laffont, 1956; Folio, 1972).

LES MONSTRES DE BOMARZO (Grasset, 1957).

LE CADRAN LUNAIRE (Robert Laffont, 1958).

LE BELVÉDÈRE (Grasset, 1958).

FEU DE BRAISE (Grasset, 1959).

SUGAÏ (Le Musée de Poche. G. Fall, 1960).

DEUXIÈME BELVÉDÈRE (Grasset, 1962).

SABINE (Mercure de France, 1963).

LARMES DE GÉNÉRAUX, *lithographies de Baj* (Herman Igell, Stockholm, 1965).

CRITIQUETTES, *eaux-fortes de Bona* (Fata Morgana, Montpellier, 1967).

JACINTHES, *eaux-fortes de Bonnier* (O.L.V., 1967).

LE MARRONNIER (Mercure de France, 1968).

BONA L'AMOUR ET LA PEINTURE (Albert Skira, Genève, 1971).

LA NUIT DE MIL NEUF CENT QUATORZE (L'Herne, 1971).

CROISEUR NOIR, *eaux-fortes de Lam* (O.L.V., 1972).

CHAGALL (Maeght, 1975).

PARAPAPILLONNERIES, *lithographies de Meret Oppenheim* (M. Cassé, 1976).

ARCIMBOLDO LE MERVEILLEUX (Robert Laffont, 1977).

LE TRÉSOR CRUEL DE HANS BELLMER (Éd. Le Sphinx, 1979).

CRACHEFEU, *eaux-fortes de Carlo Guarienti* (Nouveau Cercle Parisien du livre, 1980).

MIRANDA, *eaux-fortes de Miró* (R.L.D., 1979).

DES COBRAS À PARIS (Fata Morgana, Montpellier, 1982).

SEPT JARDINS FANTASTIQUES, *eaux-fortes de Yamashita* (Éd. Muleta, Tokyo, 1983).

AIMER MICHAUX (Fata Morgana, Montpellier, 1983).

CUEVAS BLUES (Fata Morgana, Montpellier, 1986).

PASSAGE DE L'ÉGYPTIENNE, *eaux-fortes de Miró* (R.L.D., 1987).

ÉCRITURE INEFFABLE (Fata Morgana, Montpellier, 1988).

Traductions

LA FEMME DE GOGOL, de Tommaso Landolfi, *et autres récits traduits de l'italien par Bernard Noël, Viviana Pâques et Louise Servicen* (Gallimard, 1969).

LA FILLE DE RAPPACCINI, d'Octavio Paz, *traduit de l'espagnol* (Mercure de France, 1972).

LE VENT PARMI LES ROSEAUX, de W.B. Yeats, *traduit de l'anglais, eaux-fortes de Miró* (O.L.V., 1972).

LA PETITE BASSARIDE, de F. de Pisis, *traduit de l'italien* (L'Herne, 1972).

MADAME DE SADE, de Yukio Mishima, *traduit du japonais* (Gallimard, 1976).

ONZE PLUS UN POÈMES, de F. de Pisis, *traduit de l'italien* (Fata Morgana, Montpellier, 1983).

LE VENT PARMI LES ROSEAUX, de W.B. Yeats, édition augmentée, *traduit de l'anglais* (Fata Morgana, Montpellier, 1984).

L'ARBRE DES TROPIQUES, de Yukio Mishima, *traduit du japonais* (Gallimard, 1984).

Cet ouvrage a été composé
et achevé d'imprimer par l'Imprimerie Floch
à Mayenne le 7 janvier 1991.
Dépôt légal : janvier 1991.
1er dépôt légal dans la même collection : novembre 1972.
Numéro d'imprimeur : 30226.

ISBN 2-07-036247-7 / Imprimé en France.

51834